O DIABO

COLEÇÃO GIRA

A língua portuguesa não é uma pátria, é um universo que guarda as mais variadas expressões. E foi para reunir esses modos de usar e criar através do português que surgiu a Coleção Gira, dedicada às escritas contemporâneas em nosso idioma em terras não brasileiras.

CURADORIA DE REGINALDO PUJOL FILHO

DE GONÇALO M. TAVARES

Short movies

Animalescos

O torcicologologista, Excelência

A Mulher-Sem-Cabeça e o Homem-do-Mau-Olhado

Cinco meninos, cinco ratos

Atlas do corpo e da imaginação

Dicionário de artistas

O diabo

Edição apoiada pela Direção-Geral do Livro, dos Arquivos e das Bibliotecas / Portugal

O DIABO

GONÇALO M. TAVARES

MITOLOGIAS

PORTO ALEGRE · SÃO PAULO
2025

I

O diabo está a rondar a casa

1.

O diabo está a rondar a casa, e Alexandre ordena às irmãs que se escondam debaixo da cama enquanto o diabo está lá fora a fazer um círculo.

As irmãs são: Olga, a mais velha; depois Maria; depois Tatiana, com a sua Boneca; por fim, a pequenina Anastácia, sempre a escapar, a fugir, a desaparecer.

Alexandre espreita pela janela, mas já não vê o diabo. Onde está ele?

Alexandre corre todas as janelas da casa, olha em todas as direções e nada: não se vê o diabo.

Olga saiu do esconderijo e está ao lado de Alexandre, quer ajudá-lo.

Maria, Tatiana e a Boneca, Anastácia: todas estão ainda debaixo da cama; têm medo.

Alexandre espreita por uma janela, Olga por outra. É Olga, que é tão esperta, é Olga quem o vê: o diabo.

Está sem cabeça, grita Olga.

Está sem cabeça, grita Alexandre.

É isso mesmo que eles veem agora, finalmente da janela certa: o diabo está sem cabeça e anda em redor da casa porque está perdido, porque não sabe por onde avança. Como se fosse uma galinha — pensa Olga —, como se fosse uma galinha, o diabo, uma galinha a quem cortaram a cabeça e que mesmo assim ainda corre durante uns metros, muitos metros. Eis o diabo:

cortaram-lhe a cabeça mas ele aí anda, às voltas, sem saber para onde ir.

Porque não sai ele daqui?, pensa Olga.

Porque não fazemos dele nosso hóspede?, pensa Alexandre.

Porque não lhe abrimos a porta?, pensa Alexandre.

Porque não o matamos?, pensa Alexandre.

2.

Os Cinco-Meninos estão muito contentes porque estão dentro de casa e começa a nevar. Da janela, os cinco veem a neve.

Já nevou muito e o chão agora está branco por completo — e tudo é branco e a neve não para. Subitamente ali está ele, de novo, o Diabo-a-Quem-Cortaram-a-Cabeça, ali está ele, de novo, certamente perdido, sem saber da matilha, perdido e a andar em círculos porque não vê nada. Talvez sinta o calor de um objeto grande, o calor de uma casa próxima e talvez por isso não se afaste dali. Mas Alexandre não gosta de o sentir próximo, e Olga, tão esperta, também não gosta. Mas os irmãos mais velhos acalmam as meninas mais pequenas.
Maria ri-se. Acha divertido. Tatiana ensina à sua Boneca que o diabo é mau. E Anastácia, a bebé, não percebe nada, mas mesmo assim percebe isto: aquilo é mau. Pois então, naquele momento, ali está Maria a dizer a Anastácia: aquilo é mau.

O diabo, enquanto avança em círculos meio imperfeitos, vai deixando cair sangue do pescoço e, como já deixou de nevar, aquilo que cai do diabo suja a neve que os meninos veem da janela, e por isso os meninos não gostam, e Alexandre, que é o mais velho, vai buscar uma espingarda de caça. Porque o diabo é mau e está a estragar aquilo de que eles gostam. Alexandre treme.

Alexandre já não treme e levanta a espingarda enquanto Maria, escondida, abre a porta. Olga, que é tão esperta, é a mira, é ela quem vai dirigindo o cano da arma com as suas indicações: para a esquerda, mais para a esquerda, agora para a direita, sim, isso. E ali vai o diabo sem cabeça a passar. Alexandre dispara, dispara mas não acerta. O diabo foge dali, deixa de andar às voltas, afasta-se do seu círculo e corre para longe, para a floresta. Alexandre está contente, mas Olga, que é tão esperta, não está: Alexandre não acertou — o diabo, mesmo sem cabeça, fugiu mas vai voltar.

De qualquer maneira, parte do diabo ficou porque o seu sangue está ainda a desenhar uma circunferência, mas há bocados da linha que já não se veem porque a neve voltou a cair. Em poucos minutos, o que talvez tivesse sido uma circunferência perfeita desaparece, e do diabo só há agora a feia descrição que Maria faz às duas pequenas — Tatiana e Anastácia.

Mas o diabo não pode ser assim tão mau, se não não teriam conseguido cortar-lhe a cabeça — é Olga, tão esperta, quem o diz. E Alexandre pensa: sim, a irmã tem razão. Não é possível maltratar quem é muito mau.

II

Na escola

1.

Alexandre já não está na escola mas entra.
Atrás dele, a Professora quer ensinar-lhe a bater.
A Professora chama Alexandre para perto de si e faz um sinal, depois, a um outro menino.
Pergunta a Alexandre se ele conhece esse menino, Alexandre diz que não.
A Professora tem o diabo na mão, e é com ele mesmo, com o diabo, que vai espancar o menino.
Como se chama ele?, pergunta Alexandre, que está curioso.
A Professora não sabe. É o menino quem responde. Diz algo, mas ninguém o entende. A Professora não entende. Alexandre não entende.
O menino fala uma língua estranha.
Talvez seja desregulado, diz a Professora fazendo um gesto circular junto da têmpora direita da própria cabeça.
E ali vai o ensinamento. A Professora pega no diabo e atira-o contra os olhos do menino. O menino fecha os olhos. A Professora pega de novo no diabo e atira-o contra um joelho do menino. O menino dobra-se, cai, não se aguenta de pé. A Professora continua, mas Alexandre já não vê nada, já não quer ver nada, fecha os olhos mas diz que sim com a cabeça, como se estivesse a ver o que o diabo faz ao menino, como se estivesse a aprender tudo o que a Professora lhe quer ensinar.
O diabo, le diable.

III

Os Corvos

1.

Uma vez cegaram alguns Corvos e puseram-nos num armazém muito escuro. E era noite. E fecharam lá os Cinco-Meninos. E os meninos tinham medo do que os Corvos poderiam ouvir, por isso calavam-se, tentavam suster a respiração, tentavam não se mexer, tentavam não mover sequer um pé, como se estivessem a brincar ao esconde-esconde. Mas os Corvos, que não sentiam a falta dos olhos para no escuro perceber onde estavam as coisas, os Corvos, mesmo assim, estavam zangados, furiosos, porque estavam agora sem olhos — estavam cegos. E mesmo em plena noite, num armazém sem qualquer foco de luz, num momento e num sítio em que não precisavam dos olhos para nada, mesmo aí os Corvos não gostaram que os tivessem cegado, que fizessem experiências com eles e, por isso, estavam cheios de raiva. E atiravam-se contra as coisas porque procuravam os meninos, atiravam-se contra as coisas porque as coisas estavam à frente dos meninos, e os meninos estavam bem escondidos atrás das coisas, mas mesmo assim os Corvos não paravam. E agora já eram muitos Corvos, um bando de Corvos, e todos estavam com raiva dos meninos e queriam bicá-los, uns porque estavam cegos, outros porque tinham fome.

2.

Mas os meninos esconderam-se bem. Estava no armazém um velho trator que não funcionava havia muito, que não andava um metro nem para a frente nem para trás, mas era esse velho trator que escondia trás de si Alexandre e a pequenina Tatiana e ainda Olga que, sempre tão esperta, percebera que aquele trator tinha tamanho suficiente e formas adequadas para esconder três crianças dos Corvos. Três crianças, sim, não quatro, quatro já não cabiam, mas isso não percebeu Maria e por isso ela estava com parte do corpo fora da proteção do trator velho e essa parte do corpo estava ali, desprotegida. E os Corvos já tinham percebido, mas a cabeça de Maria estava bem protegida e também os pulmões, o coração, os pés, as pernas, quase tudo no corpo de Maria estava protegido atrás do trator.

Mas onde está Anastácia? Onde está ela? Deixaram de a ver. Anastácia faz sempre isto, pensa Alexandre irritado, perde-se sempre quando estamos em perigo, desaparece quando temos medo, perde-se de nós quando estamos quase a morrer. Alexandre, perdendo a cabeça, grita pela irmã, pela pequena Anastácia. Mas a irmã não está ali, nem sequer está no armazém. Há muito que se perdeu dos irmãos e por isso não corre perigo. Quem corre perigo são eles, os outros quatro irmãos. Ainda mais porque Alexandre se mexeu, e todos os

Corvos atacaram naquela direção, e estão raivosos, e, como bestas, investem contra o trator velho e, estúpidos, partem os próprios ossos mas voltam a atirar--se, uns segundos depois, contra a chapa metálica do trator velho. E é assim que se matam, como se fosse um suicídio coletivo, os Corvos matam-se atirando a cabeça com força contra o trator velho. E só Maria é ferida no rabo, mas uma bicada de corvo não é assim tão grave e os irmãos vão tratar dela logo depois de o último Corvo se matar.

Eles estão loucos porque os cegaram, estão completamente raivosos, e os últimos aí estão a investir estupidamente contra o metal enferrujado. Os Corvos estão cegos mas emitem os seus guinchos, mas são estúpidos e morrem, o bando inteiro, um a um ou vários ao mesmo tempo, e só conseguem uma vitória, uma tão pequena vitória, pois com aqueles bicos tão perigosos só feriram o rabo de Maria, que não tinha espaço para esconder o corpo todo. E o rabo de Maria sangra, vai ficar com uma marca e quando for grande e se despir a marca ainda vai lá estar.

Mas que importância tem uma marca nas nádegas se os meninos continuam vivos, e Olga, que é tão esperta, faz perguntas sem parar a Maria para que ela não pense naquilo, na bicada má, que dói e arde, mas não mata.

3.

O dia já começou e a luz entra finalmente no armazém. Alexandre olha, mas é a pequena Tatiana que, com a Boneca na mão, dá o primeiro grito. No chão do armazém, não estão sete nem oito Corvos mortos, estão dezenas e dezenas de cadáveres de Corvos, amontoados uns por cima dos outros, quase todos ali, junto do trator velho, uma montanha preta de animais estúpidos, animais estúpidos demais para conseguirem contornar com habilidade um trator velho e atacar quatro crianças (onde está Anastácia?).

Alexandre, depois do susto, sobe para o trator. É Olga quem tira um Corvo morto de cima do assento e o atira enojada para o monte.

Alexandre quer pôr em funcionamento o trator velho. A chave está na ignição. Maria tem no rabo uma ferida, mas a bicada de corvo não é venenosa. Chora, mas às vezes esquece-se. Tatiana atira primeiro a Boneca lá para cima, para o trator, e só depois sobe, ajudada por Olga, sempre tão esperta, que lhe ensina onde ela deve pôr os pés para fazer aquela pequena escalada.

Os quatro meninos estão em cima do trator e é o mais velho, Alexandre, quem tenta uma e outra vez pôr o trator em funcionamento. Mas o trator é velho ou não tem gasolina e não se mexe. Foi capaz de matar os Corvos maus mas não se mexe. E por isso Maria chama nomes ao trator e Olga também, e Tatiana, que repete sempre o que ouve, também insulta o trator velho. Só Alexandre não chama nomes à máquina porque está com o faz-chichi excitado e não sabe porquê, e também não entende o que as irmãs fazem — o trator ajudou-os.

IV

As Palas-de-Cavalo

1.

Claro que as palas no cavalo são sempre más porque o cavalo é feito para outras vistas, para olhar em volta — ele não gosta disso. Mas Alexandre está contente.

Alexandre é o mais velho e lá vai ele com as palas em redor do crânio, palas que o impedem de olhar em volta, de ver a paisagem. Mas assim, olhando sempre em frente, não se vai distrair com acontecimentos desnecessários, vai seguir o seu caminho e apenas o seu caminho e não o dos outros, como lhe ensinou o seu Professor, que lê muito e sabe muito bem o que é bom para as crianças. Por vezes o sofrimento é indispensável para que a criança cresça, e com força, e seja, depois, alguém que sabe o seu caminho e dele nunca se desvia — esse belo cavalo.

Alexandre protesta com a boca, com frases, mas não tenta fazer nada com as mãos; é um rapaz obediente e acredita que assim não se distrairá e crescerá sempre a olhar para a frente. É o que lhe diz a irmã Olga, que o admira ainda mais por aquelas palas pretas de cavalo — exatamente: são Palas-de-Cavalo já utilizadas por um cavalo verdadeiro e têm o tamanho do focinho do animal, mas o tamanho adapta-se sempre. E, além disso, as meninas lavaram bem as palas, não queriam que o seu irmão, um exemplo para todos, levasse à volta da cabeça palas que cheirassem ainda a cavalo. São Palas-de-Cavalo mas não cheiram a nada ou então apenas ao cheiro de Alexandre, cheiro que as pessoas elogiam, mesmo quando na cidade passam com pressa e pensam: é preciso crescer, uma criança não pode ficar sempre criança.

As palas são pretas, de cabedal, e com elas Alexandre vai sempre à frente das quatro irmãs. As irmãs percebem que ele não as vai abandonar, que percebeu o caminho e não se vai desviar dele.

2.

Alexandre está contente com as suas palas pretas. Já se habituou a olhar em frente, mas por vezes desloca os olhos para o lado e vê, pelo canto do olho, o preto da parte de dentro da pala, e fica contente porque assim é cego sem ser cego e isso é bom, é melhor do que ser cego, ele pode ver mas decidiu não ver e por isso é tão forte e admirado.

E o que agora também não existe é o perfil de Alexandre, e disso é que as irmãs têm saudade. As irmãs gostavam daquele rosto de maneira diferente: Olga gostava mais do lado direito e Maria gostava mais do lado esquerdo. As mais pequenas ainda não sabiam bem e era-lhes indiferente ele estar virado para um lado ou para outro — só percebiam que agora Alexandre tinha de se virar por completo, tinha de rodar o corpo para ver, e disso elas até gostavam porque assim parecia que Alexandre lhes dava mais atenção. E agora ali estava ele a rodar, não apenas a cabeça mas todo o corpo, a começar lá em baixo nos pés, nos pés que eram obrigados a sair do sítio, depois o tronco, o pescoço, tudo em Alexandre se virava na direção das meninas. E elas ficavam tão contentes que por vezes davam beijos de boa-noite nas Palas-de-Cavalo de Alexandre — tinham sido estas a mudar a vida de todos — e ele, a princípio, gostava desses beijos mas depois ganhou um certo asco e insultava-as e queria bater nelas, nas irmãs; e, se pudesse, matava-as.

3.

O Menino-Com-as-Palas-de-Cavalo apresenta-se na sala de aula e todos batem palmas, mas alguns riem-se às escondidas.

Mas se alguém fosse apanhado a rir seria muito castigado com uma vara bem grossa, vara com a grossura de um dedo de adulto, de madeira amarela, que servia também de fita métrica porque tinha medidas, era o metro, precisamente. E servia muitas vezes para medir um papel, um animal ou uma mesa e era com essa vara que os meninos, que riam das palas de Alexandre, apanhavam nas nádegas, muito, e também nas mãos. E nas mãos era muito violento porque a vara era grossa e media um metro e tinha a espessura de um dedo de adulto e se fosse com força poderia de imediato pôr em carne viva a mão de um menino e por isso o Professor preferia bater nas nádegas porque assim poderia bater mais vezes.

O Professor é meu amigo, pensa Alexandre, vou matá-lo.

V

O nome do diabo no prato

1.

Uma vez Alexandre chegou a casa a chorar porque na escola o tinham maltratado, não por causa das palas propriamente ditas mas por causa do cheiro delas: ali se acumulavam suor e várias outras coisas — as palas cheiravam mal.

Alexandre queria correr para ganhar aos colegas mas, ao mesmo tempo, não queria correr porque sabia que o cheiro do suor misturado com o do cabedal das palas provocaria um cheiro mau. E, nesse dia, sem o pai saber, antes de o pai chegar, os dois fizeram aquilo e por isso ficaram cúmplices. A mãe pôs um banco em frente ao lavatório, onde Alexandre se sentou, e começou a desapertar as Palas-de-Cavalo da maneira que só ela e o pai sabiam — porque o pai havia dado um nó secreto aos cordões que seguravam as palas, um nó secreto que mais ninguém conseguia desatar senão a mãe e o pai. E ela pôs-se a desapertar as Palas-de-Cavalo, mas antes de as tirar mandou Alexandre pôr as mãos à frente dos olhos com força, e assim fez Alexandre, obedecendo a tudo. E assim ficou várias horas, com os olhos fechados e as mãos à frente, e a mãe tirou as Palas-de-Cavalo a Alexandre e lavou-as e depois só foi preciso esperar que secassem. E Alexandre teve vontade, nesse período, de ver as suas orelhas, se eram normais ou não. A mãe disse-lhe que sim e riu-se: claro que eram normais; mas

Alexandre, sempre com os olhos fechados e as mãos à frente do rosto, insistiu que queria ver as orelhas e a mãe respondeu que não, que isso não, que era preciso respeitar o pai. E Alexandre fez que sim com a cabeça e compreendeu e acreditou em tudo o que a mãe lhe disse e, sim, realmente as orelhas eram como sempre tinham sido: normais. As palas não estavam ali para tapar nenhuma deficiência monstruosa, estavam ali para que Alexandre fosse melhor que todos os outros meninos da escola, e Alexandre percebeu a vontade dos pais: ele nunca olharia para o lado.

2.

Mas o diabo esteve sempre ali. Por vezes, nos almoços de domingo, com a família toda: o pai e a mãe e os cinco irmãos. Havia uma cadeira vazia porque Anastácia estava perdida, e, como havia uma cadeira vazia, o diabo sentava-se lá e comia com a família, ignorando os meninos e pondo-se à conversa com o pai e a mãe, falando de assuntos adultos que nem Alexandre, o mais velho, percebia.

Não havia, pois, na mesa um lugar a mais para o diabo, era o lugar vazio de Anastácia que ele aproveitava.

Todos os pratos tinham nome; os pratos eram colocados ao acaso na mesa mas cada um confirmava se era o seu prato, virando-o, e o prato do diabo tinha, também nas costas, o seu nome, DIABO, escrito. Mas quando estava virado para cima, o prato era igual a todos os outros e por isso os meninos já se haviam habituado a virar o prato antes de pôr lá a comida. Porque trocarem de prato entre irmãos ou com os pais não tinha problema, mas era pior se trocassem de prato com o diabo. E, por vezes, era o que acontecia porque as duas mais pequenas, Tatiana e Anastácia, como ainda não sabiam ler nem sequer distinguir as letras, pediam ajuda aos irmãos ou aos pais para eles verem se era o nome delas que estava escrito no prato e eles confirmavam, de forma displicente, que sim, que era o nome delas que estava lá escrito. E os meninos podiam assim comer à vontade e ficavam contentes porque não estavam a comer no prato do diabo.

Às vezes, o que acontecia era que a mais pequena, Anastácia, que estava sempre perdida, que se atrasava e por isso comia sozinha, como não sabia ler, sentava-se no seu lugar e comia do prato do diabo sem o saber. O próprio diabo, muitas vezes, chegava a tempo de impedir que isso acontecesse e ralhava com Anastácia, dizia-lhe que ela nunca devia comer do prato dele, que isso não era higiénico, dizia o diabo, era essa a palavra, mas talvez ele estivesse a pensar noutras coisas, noutras coisas bem piores.

VI

O cemitério de aviões

1.

No cemitério de aviões, ervas tentam ainda avançar mas não há mais terra, tudo o que existe é chapa metálica intacta, preparada, ao que parece, para ainda voar, e nada de flores nem de outros elementos que mostrem cuidado. No cemitério de aviões há uma espécie de jardineiros. Quantos são? Agora vemos que são muitos, equipas que se vão alternando, e esses jardineiros tratam não da natureza mas do metal, é esse material que deve ser mantido. Lá dentro, dentro dos aviões, de cada um dos aviões, percebe-se que há movimento: por vezes elementos vivos parecem dizer adeus das janelas, ou pelo menos são bem visíveis as mãos que mostram que algures lá dentro há também corpos. Por vezes, por exemplo, naquele avião imponente, ali, na janela, um rosto, um rosto incrível, um rosto que parece falso, que parece uma máscara — mas rapidamente se entende que é um homem e depois, pelo olhar, que é um louco. Um louco trancado no avião. Mas não está só — há muitos homens com ele, também trancados. E o que pensam os visitantes deste cemitério é que os loucos só podem estar com loucos; e agora, sim, tudo fica mais evidente, trata-se de um hospício, ali, em pleno deserto, os loucos estão trancados em velhos aviões, centenas e centenas de aviões distribuídos por uma superfície gigantesca. A comida segue em pequenos jipes que trazem caixas de mantimentos que são introduzidas nos velhos aparelhos de matança, agora desativados. E numa das pequenas janelas, uma outra mão surge, agora com movimentos furiosos — e tudo está bem claro: aquilo é um hospício bem organizado, até com celas individuais. Além de aviões maiores, estão ali pequenos aviões feitos para um único piloto. E estas são as celas solitárias para quem se porta mal, para quem grita, para quem não come a comida toda.

2.

O pesadelo é este: Alexandre é castigado pelo pai, portou-se mal. Mas o pai é tão bonzinho que não se atreve a bater no pequeno Alexandre e por isso o que ele faz é castigá-lo, fechando-o no quarto. Mas o pai, quando pensa que está a fechá-lo no quarto, está afinal a fechá-lo num daqueles aviões onde se guardam loucos. E o pequeno Alexandre já está lá dentro, dentro de um avião, em pleno deserto, um avião antigo, um avião morto, um avião que já não funciona. E a criança vê que só há loucos naquele espaço, que há loucos a mais para o pequeno espaço do avião e por isso a entrada do pequeno Alexandre torna-se invasão e causa distúrbio — o que demora semanas ou meses, ali demora minutos —, os loucos odeiam aquele menino que lhes veio tirar espaço. É um pesadelo. Felizmente Alexandre acorda antes de os loucos se aproximarem demasiado.

3.

Alguns loucos que estavam trancados naquele cemitério de aviões pensavam que o avião onde tinham sido presos ainda estava em pleno voo, e não tentavam a fuga, não por não terem força para arrombar as fechaduras mas por temerem a queda — que a fuga fosse afinal uma queda. E entre as muitas histórias que os jardineiros contavam, do que mais se riam era disso, do medo que os loucos tinham de cair, quando afinal o avião que os prendia não os levava a lado nenhum e estava pousado no chão, como um carro ou uma pedra.

Havia um louco que se queixava da altura e, lá dentro, batia com força a mão no vidro e repetia que tinha vertigens, e os jardineiros, do lado de fora, tentavam acalmar o louco com gestos, e o louco, que os via perfeitamente do outro lado da janela, mesmo assim receava a altitude a que o avião pudesse estar. Tentar manter um louco preso, queixavam-se os jardineiros, correspondia ao esforço necessário para manter encerradas cem pessoas normais, de cabeça no seu sítio.

Os jardineiros riam-se muito. Estavam do lado de fora. Era o lado melhor, o lado bom, o lado onde os pés estavam no chão e a cabeça no sítio certo.

VII

Os direitos dos humanos e a floresta

1.

Duas revoluções — uma para cada lado. O Homem-
-Fraco diz que sim de um lado e do outro diz que não.
Como se tivesse duas cabeças. Aliás, o que se passa é
isto: ele (o Homem-Fraco) faz apenas um certo movimento, mas os observadores, partindo de diferentes
pontos de vista, interpretam esse movimento de forma
distinta — sim, não. Eis uma das grandes habilidades do Homem-Fraco: consegue dizer sim e não ao
mesmo tempo, uma habilidade de circo, uma habilidade espiritual, uma habilidade de autodefesa que
levou muitos anos a aprender. O Homem-Fraco evita
comprometer-se e por isso os músculos que comandam os movimentos do pescoço conseguem dizer sim
e não simultaneamente.

Há também a máquina a vapor.

A máquina a vapor arranca e leva lá dentro a Carta
dos Direitos dos Humanos. Porque estes não avançavam
antes de existirem máquinas que os pudessem transportar. Ali vão as leis, numa das carruagens, a Carta
dos Direitos dos Humanos bem selada. Mas depois,
estranhamente, há um homem, que é o Homem-
-Forte, que está à janela de uma das carruagens com
um altifalante, ali está ele, como se tivesse perdido a
razão, a gritar alto todas as leis da Carta dos Direitos
dos Humanos — ser livre, escolher a religião, vomitar, descansar, e coisas ainda mais fortes e nítidas. E

ali está aquele homem quase a ficar rouco, a gritar os direitos dos humanos para a floresta — pois o comboio passa por muitas florestas —, e ele não para, não suspende a sua convicção, vai gritando pelo altifalante os direitos dos humanos para a floresta — é a ela que é preciso ensinar e exigir coisas. Como se tivesse perdido a razão, eis o Homem-Forte lutando para impor os direitos dos humanos, não aos homens maus mas à má floresta. Algo não terá ele percebido ou será, pelo contrário, que ele percebeu tudo?

Mas os direitos dos humanos não se impõem apenas à floresta. O Homem-Forte, numa das paragens, no meio de uma estepe enorme, sai com os outros passageiros e, de altifalante sempre encostado à boca, lá vai ele dirigindo-se à enorme Casa-das-Máquinas, que deita fumo e faz barulho regular. Aí, mantendo a sua loucura, ampliando a sua loucura, lá está ele a gritar, pelo altifalante, os direitos dos humanos para as máquinas que não sabem ouvir, a ensinar à força as máquinas, colocando o altifalante no que entende ser o ouvido da máquina e gritando: o direito ao vómito, o direito ao lazer, o direito a não ser humilhado. Mas porque faz ele isso aos ouvidos de uma coisa que não tem ouvidos? Porque insiste ele em repetir os direitos dos humanos ali dentro, na Casa-das-Máquinas? Está louco, o Homem-Forte, um homem que no início da viagem parecia indestrutível e quase imortal. O comboio vai arrancar, e o Homem-Forte baixa o altifalante e corre rapidamente para o comboio. É um louco, mas tem um altifalante. Tem um altifalante, mas é um louco.

VIII

O Grande-Armazém

1.

Estamos no mundo dos grandes armazéns — ferro e aço para o futuro, mas também trigo e outros cereais para os próximos tempos. Uns armazéns guardam coisas para as décadas que aí vêm e outros guardam apenas a matéria com que a população se alimentará no ano seguinte. E por ali apareceu um homem que parecia meio distraído, meio bucólico, entre uma flor e outra, parecendo desolado por os armazéns estarem a destruir a paisagem. E o homem, agora percebe-se pela sua calma, é afinal quem dirige os grandes armazéns e diz que falta um armazém para pôr lá dentro um povo.

2.

O capitão Mau-Mau avança e tem os olhos vesgos, agora isso é nítido: olha com um olho e vê a menina a quem quer fazer festas no cabelo e, com o outro olho, o olho mau, olha para duas pessoas que odeia e pede a um funcionário que as elimine. No fundo, é um grande mercado e os funcionários, aqui, são iguais aos outros, só que a sua maldade está visível; são pagos pela quantidade de maldade que produzem e não por outras quantidades. E a diferença está aí, nesse salto moral.

E ali estão três homens, depois quatro e sete e vinte homens preparados para dar um salto enorme, como se alguém tivesse descoberto uma nova modalidade olímpica, sim — o salto moral. É imaginar que no chão estão os dez mandamentos e algumas regras básicas, os direitos dos animais e dos humanos — direitos básicos como o direito à intimidade, à crença — e, sim, os saltadores da moral saltam olimpicamente por cima dessa moral básica, antiga, e, como bons saltadores, os seus pés caem bem mais à frente, num espaço vazio, neutro, num espaço de ninguém. E ali está o capitão Mau-Mau a dizer que algo incomoda o seu olho esquerdo — o olho direito é bom e só vê o bem, o problema é o olho esquerdo — e o capitão Mau-Mau diz: cortem-me aquelas duas cabeças que incomodam O MEU OLHO ESQUERDO.

E, sim, alguém obedece.

3.

Há também isto: a construção do Grande-Armazém — assim ele é chamado. A construção leva meses e meses — é uma construção bem feita. Este armazém vai guardar algo muito precioso, algo vivo e que se mexe e protesta e pode rebelar-se. Por isso, na construção do Grande-Armazém, estão envolvidos os melhores engenheiros, os melhores arquitetos, os melhores construtores, os melhores operários, os que carregam mais peso — e os mais minuciosos pintores porque também os pormenores são importantes. Aos olhos de todos ali está a crescer o Grande-Armazém e as pessoas não sabem para que serve mas percebem que é para algo importante. É um armazém que vai guardar um povo, armazená-lo, mas não como se armazena o trigo, cereais que têm um tempo de duração e que, portanto, muito em breve, vão ser descarregados e colocados em circulação antes que se estraguem. Aqui não: este é um armazém semelhante aos armazéns que guardam algo que pode ser apenas necessário daqui a muitas décadas, quando se exigir material para bombas novas ou outras invenções. É um armazém cuja localização pode ser esquecida porque provavelmente o povo que ali vai ser armazenado não vai ser necessário antes do próximo século, cem anos sem necessidade de um povo. Eis o sonho do capitão Mau-Mau: que cem anos passem e ninguém se lembre desse povo, da sua utilidade — como uma ferramenta que é escondida num sítio bom e belo e que ninguém usa; portanto todos esquecem a sua função e passam a utilizar outras ferramentas. Eis o sonho de Mau-Mau: que o Povo-Armazenado seja esquecido e que o mundo utilize outros povos que não aquele — que utilize, por exemplo, outros povos para objeto do ódio e por isso não sinta necessidade deste que agora é armazenado. Cem anos bastam para que um povo seja esquecido.

IX

O Povo-Armazenado

1.

É necessário arejar o Grande-Armazém, janelas, sim, mas só de um lado, e que não sirvam para ver — nem de dentro para fora, nem de fora para dentro —, que sejam apenas aberturas, mas aberturas falsas, por onde não passe luz, nem o olhar, nem o ar, nem nada, janelas, então, iguais a paredes só que com outro nome. É isso mesmo, Mau-Mau encontrou, com a ajuda de um arquiteto, a solução: o Grande-Armazém vai ter, por dentro, na parede, algures, mais ou menos ao nível dos olhos do Povo-Armazenado, vai ter escrita a palavra Janela — e essas palavras serão as únicas janelas. De dez em dez metros, a palavra Janela será escrita na parede à altura dos olhos dos adultos e à altura dos olhos das crianças que já saibam ler. Com essas Janelas o Povo-Armazenado vai sentir que ainda tem uma ligação com o exterior, que ainda pode tentar ver e tentar ser visto e, acima de tudo, essas janelas vão dar-lhe a ilusão de que vale a pena gritar. É isso que vai acontecer ao Povo-Armazenado, vai gritar, não vai parar de gritar. Junto das janelas do Grande-Armazém grita-se, pede-se socorro, mas pedir socorro em frente a uma palavra escrita numa parede nunca deu muito resultado, disso bem sabem os engenheiros, mas é fundamental permitir essa esperança. Um povo fechado sem janelas ficaria louco e quereria arrombar a porta — e veria que não há porta, o armazém é todo fechado. Assim, o Povo-Armazenado farta-se de gritar diante das janelas, mas ninguém o ouve; sente-se abandonado — grita e ninguém vem em seu auxílio. Será que é assim tão odiado?, pensa.

2.

Pois é, este armazém é semelhante a uma caixa com duas aberturas. E no topo, onde é impossível o povo chegar, há buracos, pequenos buracos por onde se despeja comida — a coisa é feita dessa maneira —, como se ali estivessem vítimas de catástrofes naturais. Mas aqui tudo está mais organizado porque o Povo-Armazenado não se espalha, não tenta fugir, está todo concentrado no Grande-Armazém, e vem um Helicóptero-Bom e atira sacos inteiros de comida pelos buracos do topo e alguns sacos não acertam nos buracos e ali ficam, no telhado do Grande-Armazém — há helicópteros assim, que apesar de serem bonzinhos têm má pontaria. Porém, muitos acertam, e a comida cai com força lá de cima, do céu, para dentro do Grande-Armazém, mas cai de tal altura que ganha velocidade e torna-se muito perigosa, essa comida que salva. Essa comida que salva, esses, por exemplo, vinte quilos de comida que salva caem a uma velocidade brutal e, se acertam numa criança, matam-na de imediato; se acertam num adulto fraco, matam-no; se acertam num adulto forte, talvez não o matem de imediato mas é muito provável que mesmo assim ele morra. E portanto este sistema assusta o Povo-Armazenado, que começa aos berros, cheio de medo, a correr de um lado para o outro, quando escuta o barulho das hélices do Helicóptero-Bom. Todos começam a correr cheios de medo: não há situação em que tenham mais medo do que quando os querem salvar. Mas a pouco e pouco o Povo-Armazenado começa a organizar-se, a perceber que a bondade vem apenas pelos buracos do teto, como se o Povo-Armazenado fosse um animal doméstico e um único e bondoso dono lhe atirasse comida pelos buracos da caixa onde o prende. E como o Povo-Armazenado já percebeu que é um animal doméstico, consegue afastar-se a tempo daqueles envios de cinquenta ou mais quilos de amizade e bondade, cinquenta ou sessenta quilos de ajuda que pode matar. Mas o espaço é tão reduzido que uns têm de subir para as cavalitas de outros, os homens juntam-se como nunca, e uns aproveitam para roubar os amigos — mas que roubam eles? —, enquanto a maioria levanta os braços o mais alto possível para que a bondade que chega de helicóptero acabe no sítio certo, no fundo dos seus estômagos.

3.

Há outro buraco no Grande-Armazém — está no chão, num dos cantos —, um poço que acaba não se sabe onde, mas ninguém se atreve a fugir por ali porque cheira terrivelmente mal, e nunca o cheiro foi assim tão eficaz — impede a fuga, eis o cheiro a fazer o que não conseguiria um exército bem armado — e, sim, é para esse buraco que vão as fezes que o Povo--Armazenado produz. Tudo organizado: a comida vem de cima e o animal doméstico, o Povo-Armazenado, levanta a cabeça, como se fossem pequenos animais a receber comida da mãe, e depois baixa-se, próximo do Grande-Buraco, e para ali envia os dejetos. Assim se mantém o Grande-Armazém com o estômago cheio e não demasiado sujo.

Há também, claro, brigas, confrontos e acontecimentos imprevistos que por vezes fazem um corpo ficar morto e ocupar espaço que não pode defender. E quando o corpo deixa de poder defender o seu espaço, os outros corpos levam esse corpo para as proximidades do Grande-Buraco e para ali atiram essa matéria que ocupa um espaço que já não pode defender. O sistema de eliminação organiza-se e o Grande-Armazém torna-se um horror que ganha uma certa calma, a calma que é dada pela organização.

4.

Mas é armazenado para que esse povo? Eis a questão. Porque não o eliminam de uma vez? E é essa a pergunta que fazem ao capitão Mau-Mau. Gastamos comida e gasolina nos Helicópteros-Bons — não se percebe o sentido de armazenar um povo inteiro —, esta é a questão que inquieta. O capitão Mau-Mau responde que o Povo-Armazenado pode vir a ser útil no século seguinte. Quem sabe se daqui a cem anos, no início do próximo século, não precisaremos de novo deste povo que agora armazenamos. Sim, são estes os planos do capitão Mau-Mau — nada se pode desperdiçar, odeia tal gesto, o de deitar algo fora, e por isso é um dever armazenar este povo, guardá-lo para o futuro. Quem sabe se este Povo-Armazenado não se transformará numa coisa útil, verdadeira, justa e bela.

X

Os três fios vermelhos

1.

Deve segui-los, mas seguir os três é impossível — Alexandre, com as Palas-de-Cavalo, grita, chama por alguém, pede ajuda.

Mas ninguém vem. Ele vai seguir um dos três fios vermelhos.

2.

Alexandre está dentro de um edifício, sempre com o fio na mão; não o larga, avança. É conduzido pelo fio vermelho a uma rua paralela, depois a outra e a outra ainda e, à medida que se vai afastando, o fascínio das mulheres e dos homens desaparece, as pessoas que agora vê querem apenas ir de um ponto a outro, têm um objetivo e avançam. Alexandre também avança e já se cruza com pessoas que andam em volta de si próprias, como uma matilha depois de comer. Mas aqueles humanos não são uma matilha depois de comer, são uma matilha antes de comer, e Alexandre continua a avançar, a seguir o fio vermelho; agora acelera o passo porque todos os que vê estão mais desnorteados. Já não há verdadeiramente chão civilizado nem indícios de organização. O chão é uma paisagem onde surgem vestígios de lixo que parecem focos de luz. Mas até essas marcas que os humanos deixam para trás a certa altura terminam.

E isso assusta Alexandre porque quando não há lixo, e nada cheira mal, ele começa a estar perdido.

Agora não há cidade, só há um espaço neutro, e Alexandre assusta-se mas continua e só quando finalmente vê na paisagem arame farpado é que sorri, afinal não está perdido. O arame farpado mostra que afinal os humanos continuam ali, e Alexandre, que ainda é um menino, fala para o seu fio vermelho como se falasse para um adulto perverso que o leva para um sítio meio assustador, e diz-lhe algo, mas nada de recriminações. Alexandre é novo, tem tempo e é curioso, quer perceber onde termina aquele fio vermelho. Porém, recorda-se de tudo ter começado com três fios e, por isso, pensa: quem terá pegado na ponta dos outros fios vermelhos? Muitas vezes, tantas vezes!, três fios vermelhos começam exatamente no mesmo ponto e terminam em sítios muito distantes entre si.

O fio é enorme, pensa Alexandre, e só uma grande indústria poderia fazer um fio vermelho assim tão grande. Aquilo não poderia ter sido feito por uma pessoa ou por uma família. Só um Estado inteiro, com esse objetivo, conseguiria fazer um fio com aquela extensão, quilómetros e quilómetros — há meses, talvez mesmo anos, que Alexandre não para de andar, e o fio não termina.

3.

Milhares de quilómetros percorridos e eis que Alexandre, sempre segurando no fio vermelho, está diante do que lhe parece ser um cemitério de aviões; sim, milhares de aviões velhos, de guerras antigas — quem fez aquilo?, como se fez aquilo?, quem guarda os aviões?, como foram ali parar? Alexandre, estupefacto; e como ainda é um menino pensa que os aviões feridos ou velhos talvez tenham um instinto semelhante ao dos elefantes e, quando a sua morte está próxima, virariam em direção a este ponto e aterrariam aqui para morrer tranquilamente no seu cemitério. Mas era estranho pensar que o motor dos aviões, o coração dos aviões, poderia morrer aos poucos como o de um elefante. Era estranho ainda pensar que um piloto conseguiria sentir o fim de um motor e que teria suficiente discernimento, e amor pelo avião, para o dirigir para o cemitério, deixando assim que o motor parasse de funcionar apenas perto dos seus próximos, dos outros aviões.

E, olhando em volta, Alexandre percebia que os aviões tinham origens distintas, havia bandeiras de inúmeros países, dos derrotados e dos vencedores, dos países mais a norte e de outros mais a sul. Todos estavam ali. E Alexandre subitamente gritou. E o grito Está aí alguém? saiu e pareceu-lhe correto mas, depois de nada ouvir em resposta, pensou que poderia gritar:

Está aí alguma coisa?, o que seria uma pergunta mais vasta e talvez mais certeira. Mas Alexandre, cansado e com fome, ainda não perdera o juízo e por isso ainda não tentava falar com as coisas, apenas tentava falar com seres humanos e por isso, então, não perguntou aos gritos se estava ali alguma coisa, perguntou, sim, de novo, aos gritos, se estava ali alguém naquele cemitério de aviões. Porque os aviões tinham sido trazidos para ali pelos pilotos — onde estavam eles? Alexandre chamou e chamou e andou e chamou e chamou de novo e muito andou pelo cemitério; e só ao fim de muito tempo é que os seus gritos tiveram algum efeito e apareceu um homem, que era o guarda do cemitério de aviões, que lhe perguntou, como se Alexandre fosse culpado: Onde estão os outros dois fios vermelhos?

XI

Os Doze-Apóstolos

1.

Doze homens de bicicleta decidem salvar o mundo. São os Doze-Apóstolos-de-Bicicleta, como eles próprios se denominam. Querem encontrar o seu Jesus, mas ainda não o encontraram — não há um chefe, o que provoca atrasos na caminhada pelo mundo.

Os Doze-Apóstolos estão desorientados e entram na cidade no ano errado — a orientação não é apenas uma coisa espacial, é também uma questão de tempo. Aonde chegas, sim, mas também quando chegas. Os Doze-Apóstolos orientaram-se, então, mal no tempo, e a cidade estava em alvoroço porque alguém havia incendiado o Parlamento e todos perseguiam os Vermelhos. E agora ali estavam, como anjinhos, os Doze--Apóstolos-de-Bicicleta a dizer que o reino de deus e o regresso do novo Jesus estão próximos.

2.

Os Doze-Apóstolos-de-Bicicleta avançavam pelas ruas com a expectativa de que algures haveria não três mas doze fios vermelhos. E acreditavam que os doze fios vermelhos terminariam no mesmo sítio, nas mãos de uma pessoa, o novo Jesus.

Os Doze-Apóstolos-de-Bicicleta são certamente loucos. Quem os vê passar, cada um com um altifalante na mão, aos gritos, dizendo que Jesus é vermelho e está a chegar, neste dia tão estranho em que um incêndio quase destruiu o Parlamento, julga que alguém os deixou sair do manicómio da cidade, e que doze loucos — que se dizem apóstolos — roubaram as bicicletas para poderem mostrar mais rapidamente a sua loucura a toda cidade.

É difícil distinguir quem é quem. Nenhum é bonito nem feio. Semelhantes na estatura, todos têm barba longa e preta, todos têm um olhar desviado como alguém que não é capaz de fixar a realidade. Fixam-se uns centímetros ao lado, como se receassem ser retirados da sua loucura.

Os Doze-Apóstolos não saíam das bicicletas porque elas permitiam que a palavra de Deus circulasse pela cidade. E ninguém interferiu com os Doze-Apóstolos-

-de-Bicicleta, ninguém os mandou parar, ninguém os mandou calar. E os Doze-Apóstolos continuaram aos gritos, a pedalar, sincronizados, como se caminhassem lado a lado: O Jesus vermelho está a chegar!

E eles acreditavam nisso, ao mesmo tempo que procuravam doze fios vermelhos, que seriam o sinal de que estariam próximos de encontrar o décimo terceiro homem, aquele que os iria comandar.

XII

Será este?
Os Doze-Apóstolos
e mais um

1.

Os Doze-Apóstolos viram o Homem-1917, era assim o seu nome, um número. E esse homem dizia que em breve todos os homens e mulheres iriam ter esse nome, iriam ser os Homens-1917 e as Mulheres-1917. O Homem-1917 era louco, ainda mais louco do que os Doze-Apóstolos-de-Bicicleta que ficaram fascinados com aquele décimo terceiro homem e trocaram olhares como quem se pergunta — será este?

2.

Os Doze-Apóstolos-Que-Há-Muito-Abandonaram-as-Bicicletas talvez tenham perdido uma parte da esperança — não iam procurar mais ou, pelo menos, iam procurar a pé. Ou talvez estivessem próximos de encontrar o décimo terceiro homem.

Um dia, diante deles, o Homem-1917 apareceu embriagado. Chamava nomes a todos, incluindo aos dois deuses, como ele dizia, o deus lá de cima, e apontava para o céu, e o deus lá de baixo, e apontava para a terra. E os Doze-Apóstolos suportariam tudo, mas chamar deus ao diabo e dizer que havia dois deuses, como se fossem duas forças equilibradas, tinha sido insuportável.

O Homem-1917, embriagado, dizia que havia dois deuses, mas quando ele já não conseguia manter-se de pé, o único deus que restava era o deus de baixo. E isso assustava muito, mesmo aqueles que se sentiam mais fortes do que nunca — porque mais tarde ou mais cedo o que é forte enfraquece e os dedos que apontam para o céu podem deixar de ser capazes de o fazer.

Foi nessa altura que um dos Doze-Apóstolos sugeriu que eles, os que ainda permaneciam fortes, lhe amarrassem o braço direito a uma vara e o prendessem a uma árvore com o braço direito a apontar para cima. Mas os outros ou não ouviram ou não prestaram atenção e o Homem-1917 foi deixado assim: os braços estendidos para baixo (como não pode deixar de ser quando existe a força da gravidade) e o seu dedo indicador a apontar também para o maligno deus de baixo. O diabo é o deus que acaba sempre por ser o eleito no último momento, a não ser que o moribundo tenha amigos suficientemente maus e sádicos que o amarrem contra a vontade última do seu peso, com o dedo a apontar para cima.

3.

Mas por enquanto não pensemos na morte porque o homem embriagado dança e os Doze-Apóstolos batem palmas e gritam vivas. Mas troçam dele, do Homem-1917. Em pouco tempo, a embriaguez ganha o estatuto de doença infecciosa, de doença que o diabo inventou para contaminar não uma cidade mas pelo menos um grupo cujo tédio deixou poucas soluções para aquela noite. O diabo, le diable. E todos apontam para baixo.

XIII

A canalização

1.

A canalização à vista, atravessando pátios e ruas.
Mau-Mau pergunta: Para que são estes canos?
Estão ali, junto à orelha, e ele pode escutar o que se passa lá dentro, e lá dentro há barulho, sim, mas o que é? Não é água. Será gás? Não, diz Mau-Mau. Chama um homem que escuta bem, e este dobra-se um pouco, encosta o ouvido ao cano — parece um louco a querer escutar uma estação de rádio mal sintonizada, mas não há rádios assim, os sons não passam por canos que atravessem uma aldeia inteira, uma cidade, quilómetros de canalização à vista. Por vezes é necessário passar por cima dos canos, como se fossem um obstáculo, ou corpos mortos, outras vezes é indispensável baixar a cabeça.

Lá está Mau-Mau e, ao seu lado, o Meio-Dia-
-Meia-Noite e, um pouco mais atrás, o louco Ber-lim — como se avançasse uns metros atrás de uma caravana, como se fosse um cão doméstico, obediente, bem-comportado. Ali está Ber-lim, constantemente a olhar para trás, como se estivesse a ser perseguido ou como alguém que pressente que deixou cair dos bolsos um objeto. Não quer perder a memória, sofreu o suficiente, sabe que se esquecer deixa de ser Ber-lim e passa a ser algo ainda mais fragmentado, espalhado pelo mundo, como uma cabeça depois de uma explosão — e ele não quer isso. Por isso olha para trás cons-

tantemente, mas a memória da cabeça nada tem a ver com esse movimento de rotação. Ninguém impede o esquecimento rodando músculos — mas Ber-lim não percebe, e ali vai um cão doméstico, um tonto que não quer esquecer. Ao seu lado, a elegante Avestruz, o Come-Sem-Fome, com o seu pescoço alto, sem gorduras excessivas. A bela Avestruz não tem comido em excesso, e isso é bom, fica com umas curvas elegantes, com um estômago em forma de saco e umas pernas finíssimas e um finíssimo pescoço. Lá está a Avestruz ao lado de Ber-lim, que não para de olhar para trás. E o grupo avança, e são já muitos, não os podemos descrever a todos. Voltemos a Mau-Mau, que está ao pé do homem que tem bom ouvido.

Antigamente, o que era necessário, e por vezes se louvava, eram os homens que tinham bom coração, homens com Bondade-Boa, mas neste grupo há muito que as apetências técnicas substituíram as outras. Há especialistas em partes do corpo: há o Homem-de--Bons-Olhos, o Homem-de-Bom-Nariz, Homens-Capazes-de-Tudo e o Homem-Que-Tem-Bom-Ouvido que ali está, encostado ao cano, tentando perceber o que passa de uma casa para outra, nesta canalização louca, externa, como um esqueleto que estivesse a ser exibido. E o Homem-Que-Tem-Bom-Ouvido diz ao capitão Mau-Mau que não é água nem gás, não é som nem nada de substantivo, é informação. Informação?, pergunta Mau-Mau; Sim, diz o Homem-Que-Tem-Bom--Ouvido, informação. Som, desenhos, massa, lama, água, hidrogénio?, pergunta Mau-Mau. Informação, diz o Homem-Que-Tem-Bom-Ouvido, não percebo que informação, mas é isso que corre aqui dentro, de uma casa para a outra.

O capitão Mau-Mau não gosta e pede à elegante Avestruz que destrua aquele bocado de cano, ali, precisamente no sítio para onde Mau-Mau aponta, e ali está o bico da Avestruz a avançar para mais uma tarefa. Assim, diz Mau-Mau, como os canos estão todos ligados, rebentando com uma das partes o sistema vai todo baixo. Sim, confirma o Homem-Que-Tem-Bom-Ouvido.

Destruir a canalização, impedir que a informação passe.

XIV

O diabo quer fazer pão

1.

O diabo quer fazer pão porque está com fome. O diabo tem estômago, claro, e dois olhos, sim. A maldade, depois, está em todo o lado, não apenas nas células, na parte interna do bicho, está também no espaço. A maldade distribui-se por ali, pela sala, pelos móveis, pelo sofá onde se sentam tranquilamente, pelo cachimbo que o convidado fuma. A maldade está em redor do diabo porque o que está em redor do diabo é já diabo, pertence àquele corpo. Por exemplo, os mecanismos têm a maldade inteira nas pequenas engrenagens; e quando alguém cai de cima da árvore é o diabo e a sua lei que fazem o corpo cair do alto.

O diabo tem um estômago enorme, e a fome só pode ser encerrada pela maldade. Mas agora a fome do diabo — vejam como está bem-comportado —, a fome do diabo é de pãezinhos. Quer pão no forno, o bom do diabo, mas é preciso ter farinha; e os meninos podem servir para fazer farinha, e por isso o diabo decide tirar à sorte para ver qual deles vai para o forno.

Alexandre não, que já é seu amigo, e Olga não, porque é inteligente, e o diabo gosta dos seus longos raciocínios; restam as três meninas. Talvez Maria, mas o diabo não está assim com tanta fome e Maria já é grande; sobram duas, Tatiana ou Anastácia. E o diabo escolhe Tatiana de uma maneira um pouco imprevista: primeiro mostra a moeda que tem na mão e diz às duas meninas que quem acertar na mão que tem a moeda não é cozinhada, quem falhar vai para dentro do forno. As duas meninas riem-se muito, gostam de jogos, o diabo é simpático, sorri, brinca com elas. Quem gosta assim de jogar não pode ser mau.

2.

A menina Tatiana acerta na moeda. E o diabo ali está de novo com as duas mãos estendidas e fechadas e Anastácia, a mais nova, bate na mão errada, não há moeda, a moeda está na outra mão do diabo. Em qual? Eis a resposta: está na mão que está à esquerda da mão esquerda. Sim, é isso mesmo, e esta indicação geográfica pode baralhar, mas é mesmo aí que está a moeda: na mão que está à esquerda da mão esquerda. E agora que olhamos com calma para as mãos do diabo confirmamos que sim, há apenas duas mãos, não há uma terceira mão que seja má, nada disso. Duas mãos tem o diabo, como toda a gente, mas a questão é que ele tem duas mãos esquerdas, isso mesmo. Agora percebemos por que razão ele é o diabo e não um simples carpinteiro ou um simples professor. Tem duas mãos esquerdas e isso assusta. Se olharmos com atenção, os dois polegares apontam para o mesmo lado, e isso provoca um desequilíbrio. As mãos direita e esquerda compensam a sua força. Com o diabo, não.

Quando o diabo põe as suas duas mãos na mesa, vejam o que acontece: os polegares não se tocam, pelo contrário, desequilibram aquele corpo para um lado, como um barco que estupidamente tivesse colocado toda a sua carga do lado esquerdo. E não há nada a fazer, o diabo tem duas mãos esquerdas, e esta segunda mão esquerda, já podemos falar assim, é mais maldosa do que a primeira.

3.

Alexandre-Palas-de-Cavalo está atrás do diabo para confirmar que ele não faz batota. Concentrado, o bom do irmão mais velho confirma que o diabo, atrás das costas, não muda a moeda de uma mão para a outra para enganar as pequeninas. Alexandre faz de árbitro, como gosta, e Olga também, e veem que o diabo tem duas mãos estranhas. E ali estão os cinco irmãos bem divididos, bem separados, com o diabo entre eles, sim, os cinco irmãos divididos, como se a discutir uma herança, e no meio não está um rio, nem uma parede, nem uma distância enorme como a distância entre dois países, no meio está o diabo. Uns estão nas costas do diabo a confirmar que ele não faz batota — e, de certa maneira, parecem estar do lado do diabo, como se fossem duas equipas. E do outro lado estão as mais pequeninas — e isso não se faz. À frente do diabo, a pequenina Anastácia, que agora já não se vê, Onde está ela?, desapareceu mais uma vez, até do diabo ela consegue fugir, como faz ela isto? Mas ainda lá está a pequenina Tatiana, com a sua bela Boneca, e Maria, a já bem grande Maria.

Em que mão está a moeda?

Lá atrás os dois árbitros garantem a honestidade das duas mãos esquerdas do diabo, porque se pode ser honesto só numa das mãos e ter a outra a ser muito desonesta; temos de vigiar as duas mãos e não apenas uma. Porque uma pode ser bela, outra pode estar estropiada, uma pode levantar-se enquanto a outra se baixa, uma pode acariciar os meninos enquanto a outra os maltrata. E é Olga quem diz: Eu olho para a mão esquerda e tu olhas para a outra. E Olga ri-se porque já percebeu que as duas mãos do diabo não são iguais às duas mãos dos homens normais. Mas o importante é que Alexandre aponte para a mão que vai vigiar e Olga aponte para a outra, dois olhos para cada mão.

4.

E, sim, a divisão entre os irmãos é forte. Não se trata de uma grande barreira física, não há um penhasco, nem arame farpado, nada disso, trata-se do diabo, ali, no meio deles, é ele quem os separa. O diabo separa mais do que cem mil quilómetros, mais do que um penhasco, mais do que o perigo, mais do que a água nervosa ou o fogo. E as meninas que estão em frente ao diabo ainda não perceberam o que está a acontecer, e essa é também uma das grandes separações que o diabo faz. Quem está com ele, atrás dele a vigiar as mãos, percebe, mas quem está do outro lado não. O diabo nunca está ao lado dos tontos; e eis que pergunta para as meninas que não estão com ele: Em que mão está a moeda? E a pequena Tatiana com a Boneca na mão responde: Está na mão direita. E o diabo rapidamente põe as duas mãos à frente do corpo; os dedos ainda cerrados, mas, mesmo com as mãos ainda fechadas, Tatiana já percebeu que estão ali duas mãos esquerdas, e por isso ela não acertou. E lá atrás os dois irmãos confirmam: não houve batota, o diabo não passou a moeda de uma das mãos para outra, o jogo continua, aceitemos as consequências. O diabo abre as duas mãos esquerdas que tem e numa está a moeda e na outra não está a moeda. E, portanto, Tatiana perdeu, porque a moeda não está na mão direita que o diabo não tem. E o diabo diz: Vamos cozer o pão. Tatiana perdeu e está a chorar porque não gosta do forno nem do calor que sai dele — mas tem de ser, diz Alexandre. Tem de ser, diz Olga, perdeste e o diabo não fez batota, não se sai a meio de um jogo, não se desiste a meio porque se está a perder, isso não se faz, não se pode fazer batota. E Tatiana concorda, diz que sim e aquece as mãos no calor que já sai do forno. Como se o forno fosse afinal uma lareira simpática e estivesse frio, como se o forno fosse um instrumento da bela bondade e não um servo da maldade da segunda mão esquerda, que é tão má que até a primeira mão esquerda do diabo fecharia os olhos, se os tivesse, para não ver o que faz essa segunda mão. Vamos?, pergunta o diabo à pequenina Tatiana. Sim, responde Tatiana, mas quero levar a minha Boneca.

5.

Vão meter a pequena Tatiana no forno, está decidido, mas o que fazer com a Boneca? Há muitas perguntas.

Quem vai para o forno? Que culpa tem a Boneca? O forno não é feito para bonecas mas para meninas. O forno foi feito para derreter coisas humanas, animais ou vegetais, elementos naturais, é disso que gosta o forno, não de plástico.

A Boneca não, diz o diabo.

Se a Boneca não vai, eu também não vou, diz a pequenina Tatiana.

E Alexandre, com as Palas-de-Cavalo, disse que sim, que fazia sentido — ou também ia a Boneca ou não ia a Tatiana —, e Olga também disse que sim, que fazia sentido — ou a irmã ia com a Boneca ou não ia ninguém.

E o diabo concordou: Tatiana não ia para o forno sem a Boneca. E assim a Boneca salvou a pequena Tatiana de ser servida na mesa como pão, o forno ficou com fome e o diabo continuou com duas mãos esquerdas.

XV

O diabo pesa

1.

As meninas varrem a casa porque o diabo disse que queria ver tudo limpinho. E ali estão Olga, a inteligente, Maria, a romântica, Tatiana e a sua Boneca e Anastácia, a mais pequenina, as quatro em círculo, cada uma com a sua vassoura alta. E porque estão as quatro em círculo, uma atrás da outra, sempre a varrer o que a irmã mais velha já varreu, pois foi Olga a começar?

Alexandre é o mais velho e não varre mas tem uma função: ajuda o diabo, é a mão direita do diabo, porque o diabo não tem mão direita, tem duas mãos esquerdas, a primeira e a segunda. E ali está ele a fazer de mão direita do diabo, um menino inteiro, pés e pernas e tronco e coração e cabeça e dois braços, a fazer apenas de mão direita, reduzido a uma única mão, mas é a mão direita do diabo. Por isso Alexandre está contente ao ajudar o diabo a gravar nas placas de mármore os nomes de todos. O diabo não quer que se percam e por isso inscreve numa placa o nome — Homem-Com-a-Boca-Aberta — e põe a respectiva data de nascimento. A primeira placa está pronta. O diabo e a sua mão direita, que se chama Alexandre e tem duas Palas-de-Cavalo, olham para o Homem-Com-a-Boca-Aberta e entregam-lhe a sua placa de mármore, que pesa muito. Ali vai o Homem-Com-a-Boca-Aberta todo orgulhoso, levando nas mãos a sua placa com as letras viradas para fora: o seu nome e a sua data de nascimento.

Na placa dos meninos o diabo vai fazer mais porque eles merecem, vai pôr nome, data de nascimento e ainda data de morte. Alexandre protesta porque não quer andar com a data da sua morte pendurada, e o diabo, que tem bom coração, acede ao pedido e decide registar a data de morte de cada menino de uma forma invisível: Vou inscrever a data da vossa morte no mármore de maneira que só seja visível ao toque, que só se torne visível com os dedos. Mas com os dedos a passar a uma determinada velocidade, exata, secreta. Quem encontrar a velocidade certa para tocar no mármore branco, vazio, sem qualquer inscrição, saberá o vosso segredo, um segredo a que nem vocês terão acesso.

E assim faz o artífice diabo em cada uma das cinco placas dos meninos. Em cada placa inscreve bem claros os nomes e as datas de nascimento, e depois afasta a sua mão direita que se chama Alexandre. Duas mãos esquerdas bastam para registar a data exata da morte. Sai, horas depois, o diabo, ofegante e contente, e chama a sua mão direita: Aqui estão as cinco placas. As mais pequeninas não conseguem carregar o mármore. Não têm força suficiente, diz o diabo, para carregarem o dia em que vão morrer. E por isso as duas placas, as de Tatiana e Anastácia, ali ficam, num canto da sala, à espera que elas cresçam e ganhem força.

2.

O diabo quer ordem e por isso inscreve em cada compartimento da casa as leis certas, exatas, no chão. É preciso que as leis estejam escritas no chão e que os meninos andem descalços dentro de casa e que sintam a lei com os pés. Mas não são leis, na verdade não é bem isso, são conselhos, porque o diabo gosta de dar conselhos como um bom pai. E não se veem as letras, talvez sejam inscrições semelhantes às que foram feitas nas placas de mármore individuais, invisíveis, secretas e que só se tornam visíveis quando se passa por elas à velocidade certa.

Ali está ele a exigir que descalcem os sapatos e que os ponham à entrada da casa, e ali estão cinco pares de sapatos, desde os sapatos grandes de Alexandre até aos mais pequeninos que quase não ocupam espaço, os de Anastácia. Os Cinco-Meninos, para crescerem bem, têm de andar descalços para em cada compartimento sentirem com os pés as leis que o diabo, como um pai, deixa para cada um. Mas é claro, é como em tudo, há uns que sabem ler bem com os pés e outros mal, e por isso uns vão sair bem-educados e outros não. Um pai nunca pode ter a certeza de estar a agir bem, nunca sabe se uma lei, uma ordem, uma sugestão, um conselho, uma frase, vai resultar ou falhar. Um filho cresce bem-educado e passa a ser, se necessário, a mão direita do pai, no caso de este ter duas mãos esquerdas, e outros filhos, que também andam descalços em casa e tocam nas leis inscritas no chão, vão crescer e não vão ajudar o pai quando ele for velho nem vão ser a sua mão direita mesmo que o pai só tenha duas mãos esquerdas. Vão até troçar dele, como Olga, que se recusa a ser a mão direita do diabo e diz que só será a sua terceira mão esquerda. Não está disponível para mais nada, não o vai ajudar quando ele estiver a caminhar com dificuldades, não vai ler as letras que o diabo não conseguir ler. Não o vai ajudar porque um fraco não pode ajudar um forte, isso é pecado.

Olga entra na igreja para pedir perdão. Peço perdão, um fraco que ajuda um homem forte é alguém muito mau, e eu fui má. Um dia o diabo ia escorregando e fui eu quem evitou que ele caísse; e o diabo jamais perdoará o que fiz, eu ajudei-o quando ele era forte. E ele agora persegue-me e levanta-me as saias e quer espreitar lá em baixo.

3.

E Olga foge de um compartimento para outro, e ali vai o diabo, a salivar, a querer meter-se entre as pernas de Olga. Mas a menina pega num martelo, um belo martelo, e quando o diabo quer entrar na sua cama, quando levantou já os lençóis, Olga levanta já o martelo e deixa-o cair uma primeira vez sobre o crânio do diabo e depois mais uma pancada e outra ainda e já não há cabeça, há ossos e algo mais a desfazer-se. E Olga não para, sabe que depois daquilo jamais conseguirá dormir naquela cama mas não pode parar de bater com o máximo de força. E sabe que o diabo não morre assim tão facilmente, ele resiste, tem sete vidas, sete crânios, sete pilas. E Olga quer cortá-las todas e é isso que faz. E corta sete vezes, quer matar o diabo para sempre, vai cortá-lo sete vezes. E Olga pega no que sobra do diabo, no seu corpo desfeito, e enrola tudo nos lençóis, o diabo está todo ali mas desfeito. E Olga não quer ver mas pega na trouxa como se fosse roupa suja e sai de casa. E cruza-se com a pequenina Tatiana e a sua Boneca e diz-lhe que é roupa suja, que vai levá-la para o lixo, e Tatiana diz que parece o diabo mas Olga diz que não e sorri e diz que é roupa suja. E ali vai ela puxando o lençol com o diabo amontoado, desfeito, e está já na rua, descalça, porque, como bela filha que é, anda sempre descalça dentro de casa, para que os seus pés aprendam as regras que o chão da casa impõe, a boa e obediente filha Olga. E ela está agora no passeio da rua e todos lhe dizem adeus, ali vai ela a dirigir-se para o lixo. E lembra-se ainda do martelo e tem vontade de o ter de novo na mão para bater outra vez naquele monte de roupa velha, para ter a certeza de que o diabo está bem morto, de que as sete vidas do diabo foram mortas uma a uma e não há mais nada, nenhuma canção que ainda possa cantar. E Olga não consegue pegar naquele peso todo e pede ajuda a Alexandre, mas o irmão não ouve porque tem as Palas-de-Cavalo e as orelhas ficam bonitas com aquele cabedal por cima mas ele ouve pior. E o único irmão que ouve ou que se interessa é Maria, e Maria sai para a rua, também descalça — como são obedientes os filhos do diabo. E as duas meninas, já quase raparigas, ali estão a fazer força para meter o diabo no lixo, aquele lençol pesado. Maria percebe bem o que é, o diabo já fez o mesmo com ela, meter-se debaixo das saias, e por isso Maria admira Olga, que soube perceber que há coisas que se resolvem com um martelo. É assim mesmo, mana Olga, é preciso pôr tudo em ordem, e há coisas que só voltam à ordem se utilizarmos o martelo, como estou orgulhosa de ti. E as duas meninas tentam levantar o que resta do diabo, que está ali todo mas não inteiro, e as duas meninas dizem 1, 2, 3. Força!

Mas não conseguem — pesa tanto o diabo, como pode pesar tanto mesmo depois de desfeito? O martelo não faz milagres, parte as coisas, esmaga, mas não faz desaparecer, e por isso o peso do diabo está todo ali, não desapareceu, elas precisam de ajuda. Quem vem lá? Quem pode ajudar? Eis que ali está uma senhora simpática.

A Mulher-Com-a-Língua-de-Fora é uma vizinha e o que lhe aconteceu é simples, deu-lhe uma coisa má na cabeça e ela caiu sem cair no chão, foi o cérebro que, por dentro, escorregou, a parte de cima do cérebro caiu. O que sobrou foi quase um corpo igual mas agora pensa a uma velocidade bem menor e tem a língua de fora, não domina os músculos nem a língua, que parece ter esticado. A Mulher-Com-a-Língua-de-Fora consegue falar, mas de um modo enrolado. E é a ela que as duas meninas pedem ajuda para levantar aquele peso. Roupa suja, diz Olga. E a Mulher-Com-a-Língua-de--Fora diz que sim, e ali está ela em esforço, juntamente com Olga e Maria. E se alguém passasse por ali veria três meninas, uma mais velha, com a língua de fora, e outras duas meninas também com as línguas de fora. Um cenário estranho, parecem três malucas a meter o diabo no lixo. Que vos fez ele?, pergunta a Mulher--Com-a-Língua-de-Fora, Que vos fez ele?, pergunta de novo, Que vos fez ele?, pergunta ainda.

4.

Isto lembra uma história que alguém contou: havia uma mulher que tinha um cão, um cão muito amigo que um dia morreu. Estava bem morto e a mulher levou-o para o lixo durante a noite; na manhã seguinte, passou lá perto e ouviu ladrar e foi ver o que se passava, e o cão, fechado no saco preto, ladrava, mas quando ela abriu o saco, o cão estava morto; só quando fechava o saco é que ele ladrava; quando o abria, ele estava morto; e isso fazia confusão à senhora, claro, porque parecia que o cão só estava vivo quando estava no lixo; e ela, que tinha sido tão boa para o cão, ficou irritada, tão irritada que pôs aquele saco do lixo numa prensa industrial, daquelas que transformam um carro enorme em poucos centímetros de lata; e assim aconteceu, aquele lixo foi todo colocado na máquina que avançou com velocidade, força e ferro; primeiro dos dois lados e depois dos quatro lados, de cima, de baixo, do lado esquerdo, do lado direito; e rapidamente aquele lixo foi transformado numa massa compacta e uniforme que ocupava uns poucos centímetros; e o cão, no momento em que estava a ser esmagado, ainda ladrou, a dona bem ouviu e bem reconheceu aquela voz, mas a prensa já estava em movimento e nada a podia parar, e a dona fingiu que não ouviu e até disse Força! para a prensa, mas as máquinas não ouvem e por isso continuou, à velocidade prevista, a esmagar o cão que estava no meio do lixo e nem sequer acelerou com a voz da dona do cão a dizer Mais rápido! Força! A máquina manteve-se à mesma velocidade, mostrando assim ter melhor coração do que a mulher, que era má e que queria o cão desfeito e sem ladrar depois de morto; e as máquinas são muitas vezes desprezadas e maltratadas, e pensamos mal delas, ou, pelo menos, pensamos que não têm coração nem sentimentos, mas, de facto, naquela situação, a máquina mostrou que manter a velocidade é uma maneira de ter bom coração, manter a velocidade é uma maneira de ter bom coração, manter a velocidade é uma maneira de ter bom coração.

XVI

O forno

1.

Acabaram por meter a pequena Anastácia no forno, o que é estranho porque o diabo dizia que queria um pão grande e quente, e o forno aquecia, sim, mas Anastácia era a mais pequena. E lá de dentro Anastácia dizia adeus para os que estavam cá fora como se estivesse a dizer adeus de uma janela da casa para a rua ou da carruagem de um comboio para a estação onde os pais se despediam dela. Era isso mesmo, era aí que ela estava, o forno parecia a janela de uma carruagem de comboio e ela dizia adeus a quem estava cá fora. A pequenina Anastácia, dentro do forno, chorava porque não queria ir no comboio, certamente não era por causa do calor, era porque não queria afastar-se dos pais, que ali estavam na estação a dizer adeus. E não eram apenas os pais, também os irmãos diziam adeus, que simpático terem ido todos até à estação, e Anastácia batia agora com força no vidro, mas a porta do forno já tinha sido fechada e nada havia a fazer.

O comboio está já partir. Não se pode parar o que está em movimento, e a menina bate agora com mais força no vidro, com muita força, com toda a força que tem, mas é pequenina, tem as mãos pequenas e, quando bate com toda a força que tem, bate com pouca força e só se ouve um toc-toc que parece alguém muito dedicado a bater à porta levemente, com a ponta do dedo para não acordar ninguém. Mas Anastácia está a chorar tanto que Olga não gosta e subitamente abre a porta do forno e tira a pequenina de lá. Anastácia está agora a chorar ao colo da irmã, não partiu no comboio que naquele momento tem já a janela aberta. Vês?, diz Olga para a consolar. Não era um comboio, era um forno, vês? E com essa forma meiga de Olga falar, a pequena Anastácia vai acalmando até deixar de soluçar e acaba por adormecer nos espertos braços da irmã, tão inteligente mas que consegue também ser tão meiga e que a leva docemente, para não a acordar, passo a passo, com os seus pés nus a sentirem as leis inscritas no chão.

Pai atento, pai mau, murmura Olga, que ali vai, a carregar a pequena Anastácia até à sua cama. E manda calar Alexandre e manda calar Maria e manda calar Tatiana, ameaçando tirar-lhe a Boneca, e manda calar o diabo, diz que está farta dele e diz que agora Anastácia tem de dormir porque se assustou muito, mesmo que seja bom o susto para as pessoas crescerem. Mas há limites e as crianças que foram assustadas em excesso também não crescem, e por isso Olga diz que vai ser ela a guardiã da pequena Anastácia e vai buscar uma cadeira e um martelo e senta-se à entrada do quarto, preparada para defender o sono de Anastácia. Se alguém fizer barulho, diz Olga, bato nessa pessoa com o martelo. Mas nenhum dos irmãos leva aquilo a sério e por isso continuam a fazer barulho — Tatiana grita com sua Boneca, chama-lhe desobediente e feia e diz que cheira mal, e a Boneca responde a Tatiana, ou pelo menos a menina faz uma voz diferente como se fosse a voz da Boneca, e também Alexandre grita e também Maria canta. Tanto barulho — as ameaças com o martelo não resultam —, e Olga diz que, se eles não se calarem, ela bate com o martelo na pequena Anastácia e a culpa será deles. E com essa ameaça Olga consegue calar os irmãos; de repente ficam caladinhos, Tatiana não ralha mais com a sua Boneca e a Boneca cala-se também, como se tivesse adormecido; Maria já não canta e Alexandre, para não fazer barulho, sai de casa sem sequer bater a porta com força. E assim Olga consegue silêncio e Anastácia descansa, e isto só mostra como os irmãos são unidos. Nenhum dos irmãos quer que Olga faça mal a Anastácia. Tatiana leva o seu dedinho pequenino aos lábios e diz chiu a Olga, e diz chiu a Maria, e tudo está em silêncio, e Anastácia, quando acordar, não se vai lembrar de nada porque é muito pequena e tudo o que acontece nestas idades é esquecido — e ainda bem.

XVII

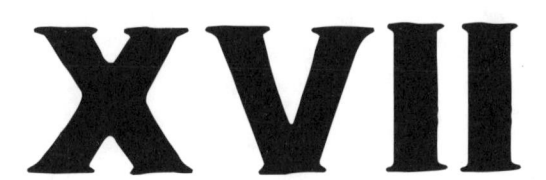

Os piolhos

1.

De repente, Maria ficou muda, afásica, sem palavras.

E o diabo, à mesa, antes de jantar, perguntava: O que se passa?

E ela assim, muda.

Era evidente que Maria tinha um segredo e a única maneira de uma criança guardar um segredo é ficar muda.

Mas o pior problema de Maria não é a mudez, são os piolhos. Tem piolhos Maria, e talvez Olga também, e o diabo fica enojado, não quer saber disso.

2.

É Olga quem chama o Cata-Piolhos, que vai a passar anunciando-se com um instrumento de sopro irritante. Trata também das lâminas que houver em casa, afia as facas e todas as ferramentas cortantes, e tem ainda tesouras novas para vender. Também recebe dinheiro de acordo com o número de piolhos que caça.

Maria está muda porque tem um segredo e não pode protestar porque não tem voz, mas pode fugir e é isso que tenta. O Cata-Piolhos está atrás dela e o diabo diz: Tem que ser. Mas Maria tem medo, foge, não quer. Saem Olga e Alexandre, e levam, pela mão, Tatiana e a sua Boneca, e Anastácia e a sua mania de fugir, e deixam lá dentro Maria, que está muda e por isso não pode gritar. O diabo, sim, grita para Maria parar. Sai de casa, e lá dentro ficam Maria, que não pode gritar, e o Cata-Piolhos, de quem tanta gente tem medo mas que, no fundo, é um homem bom, que funciona — ainda não há máquina que faça esta função, tem de ser ele.

O Cata-Piolhos tem os dedos das mãos longuíssimos mas fortes. Entra pelos cabelos e faz o que um cego faria e com uma precisão igual. Ao mesmo tempo parece ter olhos de lince para detectar naquela terrível floresta de cabelo os piolhos pequeninos que fazem comichão no crânio da menina.

O Cata-Piolhos diz que vai ser preciso cortar o cabelo de Maria. É a única maneira, depois cresce, vai mesmo cortar o cabelo a Maria, que já está presa e continua muda. E o Cata-Piolhos começa, com a tesoura, a cortar o cabelo de Maria e o cabelo vai caindo, caindo, caindo num alguidar vermelho.

3.

Maria tem agora o cabelo muito curto, parece um rapazinho, mas felizmente os seios já estão a aparecer e assim se percebe que ela não é um rapazinho, pois, como está muda, nem a sua voz pode demonstrar que é uma menina.

Felizmente, então, está muda e sem cabelo mas tem já uns seios pequeninos que mostram que está a crescer e que não é um rapaz, chama-se Maria. E Olga está a chorar porque tem raiva daquilo que o Cata-Piolhos fez à sua irmã; e só ela entende porque também é rapariga; as duas irmãs bebés não entendem e até acham divertidas a careca de Maria e a sua mudez; e Alexandre, que é rapaz, também não entende nada. Só Olga chora, enquanto Maria está calada, tensa e firme.

E o cabelo foi caindo, caindo, caindo num alguidar vermelho.

XVIII

O crânio de Olga

1.

O Senhor-Que-Tem-uma-Tesoura chamou também Olga, e a menina não se fingiu surda e aproximou-se. O Senhor-Que-Tem-uma-Tesoura cortou-lhe o cabelo, e agora estavam as duas irmãs de cabelo cortadinho, a ver-se o crânio. Olga, que é tão inteligente, não tinha muitos piolhos, três, quatro, ali estavam, os piolhos marcados na parede com traços.

À frente do nome Maria estavam vários traços na vertical e cinco traços na vertical davam um traço na diagonal. Quantos traços na diagonal?, muitos, um, dois, três, quatro, cinco, seis, seis vezes cinco, trinta, e havia ainda mais dois traços na vertical, trinta e dois piolhos na cabeça de Maria. Será possível? Que coisa horrorosa, menina feia, isso é bem pior que mentir, ter piolhos na cabeça é bem pior que mentir, uma palmada na mão por cada piolho, trinta e duas palmadas na mão.

O Cata-Piolhos ali está para fazer o seu trabalho com os seus dedos longos, dedos que parecem pinças, dois dedos fazem uma pinça, dez dedos, cinco pinças, mas ele só trabalha com uma pinça. E tem um ajudante, e os dois são comandados por Um-Senhor-Alto. O ajudante aponta com um marcador na parede, um marcador preto, um piolho em Olga, um traço preto na vertical, outro piolho, outro traço preto, e outro — e o cabelo também já foi.

O Senhor-Que-Tem-uma-Tesoura fez o seu trabalho mas Um-Senhor-Alto chega à conclusão de que não era necessário ter cortado o cabelo a Olga porque ela quase não tinha piolhos. E esse Um-Senhor-Alto diz: Mas ficas igual à tua irmã: as duas de cabelo rapado, nenhuma pode ter inveja nem rir da outra. Duas irmãs são duas irmãs: merecem as duas ter o cabelo rapado.

2.

Diz Um-Senhor-Alto: Eis o que podem ver se estiverem em cima da cadeira, podem ver o crânio de Olga, a menina que dizem ser muito inteligente.

E ele vende bilhetes.

Maria é posta de lado, ali o espetáculo é a cabeça da irmã, ver de cima uma cabeça a pensar, a fazer cálculos aritméticos. São os homens que pagam para ver, não há uma única mulher curiosa que tenha sido aceite para ver como funciona a cabeça de uma menina inteligente. Os homens sobem à cadeira e ficam a olhar para o crânio de Olga. Agora que o Senhor-Que-Tem-uma-Tesoura tirou da frente todos os cabelos, é como se estivessem no cinema: observam, há quem tenha um bloco de notas, há quem chegue com uma máquina fotográfica.

Olga está a ler. Pelo menos, Um-Senhor-Alto passa-lhe um livro e pede para ela ler, para verem se, olhando para os pequenos movimentos que são visíveis no alto do crânio, conseguem perceber o que Olga está a pensar naquele preciso momento. Ver mesmo. E quem paga bilhete tenta adivinhar — mas talvez a menina os engane, fingindo ler e não lendo nada porque está a sentir-se observada.

Subitamente Olga começa a gritar e a mexer-se muito, e os homens têm de a agarrar. Olga grita e esperneia e quer dar socos, revolta-se, está farta de ver homens subirem para a cadeira a olharem para a sua cabeça sem cabelos.

O Senhor-Que-É-Médico diz, então, de uma forma exata que ela está louca. Diz qual a doença específica e utiliza um nome tão complexo que todos compreendem, até sentem compaixão. Maria, sentada e calma, não reage, gosta tanto de Olga mas também gosta tanto de si própria. Está calada porque é muda, mas não se mexe porque gosta mais de si própria do que dos outros.

3.

O Senhor-Que-É-Médico usa a palavra trepanação e todos concordam acenando que sim com a cabeça. Um-Senhor-Alto diz ao Senhor-Que-Tem-uma-Tesoura e ao Cata-Piolhos que devem sair da sala, nada daquilo tem a ver com eles. E há quem diga que ver o percurso, o movimento e os saltos dos piolhos no exterior da cabeça é mais divertido do que tentar ver os pensamentos a mexerem-se dentro da cabeça.

É quase a mesma coisa, são dois movimentos, o de animais pequeninos, de piolhos, e os movimentos escondidos, uma espécie de piolhos secretos que andam dentro da cabeça. Mas se todos sabem há muito como funcionam os piolhos, o que gostam de comer, como saltam, morrem, procriam, poucos sabem como funciona a cabeça de uma pessoa como a menina Olga. Querem saber como funcionam esses piolhos secretos, invisíveis, que param, que saltam, que correm mais rápidos ou mais lentos, e que por vezes se contradizem. Olga está agora, por isso, amarrada, com Uns-Observadores-em-Cima-de-Outros com os sapatos em cima da cadeira — mas não faz mal porque depois limpa-se. São só homens naquela sala, todos a subirem para cima da cadeira, a observarem longamente o crânio de Olga como se olhassem para uma tela onde passa um filme mudo, não há piolhos, pelo menos cá fora, mas notam-se certos movimentos que mostram que há algo lá dentro.

O Senhor-Que-É-Médico faz, então, o que tem a fazer. Pede, primeiro, a todos Os-Senhores-Altos que fechem os olhos e ponham as mãos à frente para não verem, pede a Maria também, principalmente a Maria, que é a única menina presente além de Olga.

Todos Os-Senhores-Altos fecham os olhos e põem as mãos à frente, só Maria finge que tem os olhos fechados e por isso é a única a ver o Senhor-Que-É-Médico a fazer a trepanação a Olga, a sua irmã sempre tão inteligente. Já está, Maria viu e agora tem mais um segredo, já tem dois segredos, e, sim, vai ficar duas vezes muda porque tem dois segredos.

O Senhor-Que-É-Médico obriga todos Os-Senhores-Altos a sair da sala, só amanhã poderão espreitar de novo para o crânio de Olga. Amanhã há mais bilhetes — os bilhetes serão mais caros, mas há mais lugares porque mais gente vai querer ver. Com a trepanação consegue-se ver um pouco mais para dentro, embora, claro, não se consiga ver o interior da cabeça. O importante é que a trepanação vai fazer bem à menina Olga, que estava a gritar demais, a mexer-se demais, e a trepanação acalma, diz o Senhor-Que-É-Médico. Maria faz que sim com a cabeça, a própria Olga faz que sim com a cabeça e tudo está bem quando todos fazem que sim com a cabeça.

4.

E eis que entra Olga de cabelo rapado e com um buraco no topo do crânio para onde os adultos maus vão espreitar, como se lá dentro estivesse a acontecer algo muito erótico, como se dentro da sua cabeça alguém estivesse a despir-se. É isso que fazem os adultos, sobem às cadeiras e ficam lá em cima a olhar pelo buraco que o Senhor-Que-É-Médico fez na cabeça de Olga porque ela estava a ficar maluca e foi preciso abrir-lhe um buraco na cabeça para a maluquice sair, e agora eles sobem para cima da cadeira e espreitam lá para dentro como se estivessem a olhar para uma mulher a fazer striptease, como se estivessem num peep show, são doentes, homens doentes, ali estão eles, a subir para cima da cadeira e a espreitar para dentro da cabeça de Olga por aquele buraco que o Senhor--Que-É-Médico fez. Mas o Professor grita Basta!, os adultos têm de sair porque é o momento de a menina aprender com os outros meninos todos.

Olga e o seu crânio rapado por causa dos piolhos, e agora Olga e o seu buraco por onde os demónios podem sair, para ela não ficar maluca e não fazer mal aos adultos, porque estar maluco é isso, é fazer mal aos adultos, e a única prova de que uma criança está maluca é quando faz mal aos adultos, e agora Olga ali está, a fazer bem aos adultos, a dizer que sim e a responder paris, paris, paris quando lhe perguntam quantas horas tem o dia.

XIX

Os nomes

1.

E os homens que aprenderam o alfabeto começaram, depois, a dar nomes aos animais porque dar nomes era bom. E os cães merecem um nome, até os porcos e por vezes os patos, até os ratos — porque não dar nomes aos ratos? E, sim, até aos piolhos, aos nojentos piolhos arrancados da cabeça de Maria, que parecia uma fábrica de fazer piolhos. Ali estava o Cata-Piolhos a catar piolhos, a matá-los com dois dedos fortes e meticulosos, a matá-los de forma a não os esmagar, a não destruir a sua forma, a mantê-los enquanto individualidades, animais autónomos, com as suas patinhas minúsculas, que só se podiam ver ao microscópio, e a sua cabeça gulosa por sangue.

Cada piolho está agora em cima de um guardanapo branco; o Cata-Piolhos em redor da cabeça de Maria a apanhar os piolhos um a um, a matá-los — porque é importante que eles não se mexam e quando estão vivos mexem-se — mas mantendo-os intactos, matar mas sem destruir a anatomia porque, assim, Um-Senhor-Alto pode dar nomes evidentes a cada piolho. Ali estão eles, deitados ou sentados ou em pé, mortos, estão mortos os piolhos, em cima do guardanapo, cada um a ocupar o seu espaço, com uma certa distância em relação aos outros piolhos, animais únicos aos quais se podem dar nomes individuais.

É preciso alfabetizar os meninos e os homens adultos do campo para que estes saibam ler o nome dos filhos, pelo menos isso, quando, por exemplo, os seus filhos são chamados para a guerra, quando fazem dezoito anos e vem uma carta a dizer que eles são fundamentais na guerra, é importante que os pais saibam ler bem o nome dos seus filhos para que não sejam enganados como por vezes acontece.

Pais analfabetos, pais que não sabiam ler, que tinham vergonha de dizer que não sabiam ler, recebiam em sua casa os soldados que lhes davam para a mão uma carta do exército e eles abriam a carta e fingiam ler, e os soldados diziam que na carta estava escrito que os seus filhos tinham de ir para a guerra, que estavam ali os nomes dos seus filhos convocados para a guerra, os dois, sim, ele tinha dois filhos, mas era analfabeto e não quis mostrá-lo e acenou que sim com a cabeça, compreendia perfeitamente, os seus filhos, sim, tinham de ir para a guerra, isso era duro para um pai, mas se assim dizia no papel, ele aceitava. Mas na verdade muitas vezes não era o nome dos filhos que ali estava, eram outros nomes, e os soldados baralhavam as cartas e os nomes, e o pai dizia que sim, e não eram os nomes dos filhos, por isso era bom aprender a ler e a escrever e a contar, para saber contar os filhos, para ver se não faltava nenhum, se nenhum se perdeu, como, por exemplo, acontecia com Anastácia tantas vezes. Era preciso saber contar para saber contar os filhos, para não perder nenhum na cidade, muitas vezes acontecia isso, as pessoas do campo não sabiam ler nem escrever nem contar, iam com os filhos para a cidade, e a cidade era tão confusa, com pessoas que gritavam, que por vezes os camponeses perdiam por lá um dos filhos e perdiam-no porque não sabiam contar, levavam catorze filhos para a cidade e regressavam só com treze porque não sabiam contar e um perdia-se e ficava por lá, e por vezes um desses filhos perdidos era encontrado, felizmente, por um médico que aproveitava para tratar dele e para lhe cortar o cabelo para que ele não tivesse piolhos, e era bom saber o alfabeto para poder dar nomes aos piolhos, se se quisessem divertir a dar nomes a animais tão pequeninos como agora fazia Um-Senhor-Alto, que ia escrevendo no guardanapo de papel, debaixo de cada piolho que tiravam da cabeça de Maria, Piolho--Lento, Piolho-Mau, Piolho-Bom, sim, como era bom saber ler, escrever e contar, para contar os piolhos, dar nomes aos piolhos, escrever em guardanapos o nome de cada piolho, brincar aos cientistas — quantos piolhos tem a Maria na cabeça?

E quando se sabe ler e escrever e se dão nomes aos animais, a quantidade deixa de ser importante e os nomes, sim, ganham importância, e deixam de ser trinta e dois piolhos na cabeça de Maria e passam a ser o Piolho-Lento, o Piolho-Mau, o Piolho-Bom, o Piolho-Estrábico, o Piolho-Sem-uma-Perna, o Piolho-Excitado, o Piolho-Gordo, o Piolho-Magro, o Piolho-Doente, o Piolho-Estúpido, o Piolho-Inteligente, o Piolho-Rápido, o Piolho-Triste, o Piolho-Repelente, o Piolho-Bonito, o Piolho-Mulher, o Piolho-Traquinas, o Piolho-Pé-Coxinho, o Piolho-Zarolho, o Piolho-Maluco, o Piolho-Doido, o Piolho-Que-Queria-Fugir, o

Piolho-Que-Não-Queria-Fugir, o Piolho-Pequenino, o Piolho-Grande, o Piolho-Médio, o Piolho-Medricas, o Piolho-Valente, o Piolho-Mudo, o Piolho-Desesperado, e outro, e outro...

XX

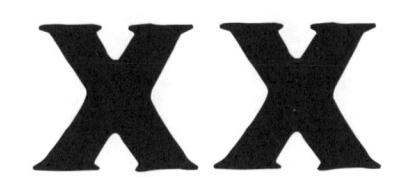

Paris, Paris, Paris

1.

O Homem-Que-Queria-Ensinar-o-Alfabeto era muito perigoso porque perseguia as pessoas que não queriam aprender. Perseguia os meninos estúpidos e batia-lhes com um pau até eles ficarem coxos e eles ficavam coxos para toda a vida e assim não podiam fugir e o Homem-Que-Queria-Ensinar-o-Alfabeto ensinava o alfabeto ao menino coxo e ele ficava a saber, mas coxeava para sempre. E estavam ali todos os meninos que o Homem-Que-Queria-Ensinar-o-Alfabeto tinha apanhado.

Era um zoológico de meninos, e não fazia sentido usarem a palavra zoológico porque não eram animais, eram meninos, mas ali estavam os meninos que o Homem-Que-Queria-Ensinar-o-Alfabeto se orgulhava de ter ensinado, estava o Menino-Com-os-Pés-para-Dentro, a Menina-Que-Coxeia, o Menino-Que-Já-Não-Pode-Andar-Rápido e Muitos-Meninos-Com-Medo, todos estavam ali e todos tinham aprendido a ler, a escrever e a contar.

2.

O Homem-Que-Queria-Ensinar-o-Alfabeto tinha entortado os pés do menino, que agora se chamava o Menino-Com-os-Pés-para-Dentro e que, assim, já não podia fugir mas ainda podia brincar às escondidas. E, por vezes, ele escondia-se porque não queria aprender, mas o Homem-Que-Queria-Ensinar-o-Alfabeto, com a ajuda do Caçador-de-Ratos, encontrava-o, e foi numa dessas vezes que lhe puseram os pés ainda mais para dentro para que o menino nem sequer conseguisse andar. E assim era impossível esconder-se. A lição foi dada até ao fim e o menino cresceu a saber o alfabeto, a saber ler as suas iniciais escritas nos lençóis

OMCOPPD

O Menino-Com-os-Pés-para-Dentro.

E como ficava feliz, o Menino-Com-os-Pés-para--Dentro, quando de noite, antes de dormir, a mãe ia ao seu quarto e lhe dava um beijo na testa e lhe dizia o quanto gostava dele e lhe puxava os lençóis mais para cima, como ficava contente quando sentia com a sua mão direita as iniciais bordadas em relevo nos lençóis, as suas iniciais, as iniciais do seu nome

OMCOPPD

que ele com tanta dificuldade aprendera a soletrar. Que feliz estava o menino!

3.

E o Caçador-de-Ratos estava triste porque quase não havia ratos por ali, até porque as quatro irmãs tinham varrido toda a casa, em círculo, e tudo estava tão limpo que os ratos já não tinham sujidade de que se pudessem alimentar e por isso o Caçador-de-Ratos estava a ficar entediado. O Homem-Que-Queria-Ensinar-o-Alfabeto chamou-o, então, e pediu-lhe ajuda: Não vais caçar ratos, vais caçar meninos, são bem maiores, e por isso é mais fácil, e não andam nos esgotos nem se escondem atrás das mobílias ou dos cortinados e quando se escondem deixam sempre algo de fora porque são meninos, não são ratos, fica sempre um cabelo, um pé ou um cotovelo, há sempre qualquer coisa que fica de fora, visível, porque os meninos jogam pior às escondidas — apesar de os ratos terem o rabo bem mais comprido —, os meninos ficam com os pés a verem-se debaixo dos cortinados e podes assim caçá-los, ali estão, agora, os meninos a entrar na sala de aulas, o Menino-Com-os-Pés-para-Dentro, a Menina-Que-Coxeia, o Menino-a-Quem-Bateram-nas-Costas-Com-um-Pau, ali estão eles, todos sentadinhos, direitos, virados para a frente, atentos e sem fugir, ali estão a aprender o alfabeto para que consigam fugir da casa dos pais, não com os pés porque, por exemplo, o Menino-Com-os-Pés-para-Dentro já não consegue fugir com os pés, mas sim com o alfabeto, isso mesmo, porque aprender a ler, a escrever e a contar faz os meninos fortes e inteligentes e assim já não precisam de fugir com os pés nem com as pernas, podem fugir com o alfabeto, fugir dos pais estúpidos com a inteligência que aprendem na escola, é para isso que a escola existe, para que os filhos com os pés tortos aprendam a dizer o nome e a escrever Não, e isso é que é fugir com o alfabeto, sempre foi isso.

4.

Há um espelho para os meninos se verem a si próprios, e o espelho é tão lindo e raro que os meninos ficam fascinados, e aí o Homem-Que-Queria-Ensinar-o-Alfabeto ensina-lhes o seu nome, é completamente diferente aprenderem a escrever o próprio nome depois de se verem ao espelho, e por isso a escola tinha logo na entrada um enorme espelho vertical para os meninos se verem completos, dos sapatos ao cabelo, e assim o Menino-Com-os-Pés-para-Dentro olha-se ao espelho e identifica-se, vê os seus pés defeituosos virados para dentro e depois já pode ir ao quadro, pegar no giz e escrever o seu nome na ardósia com orgulho

O MENINO-COM-OS-PÉS-PARA-DENTRO

Muito bem, dizia o Professor, e assim se construía a felicidade dos meninos, e não, não era um zoológico de meninos, era um sítio diferente de um zoológico, havia grades, é verdade, e pequenas celas, e era possível ver lá para dentro como se fossem aquários, e lá dentro não havia peixes mas meninos, que eram muito bem-comportados e, quando havia uma visita ao zoológico, o Professor aproximava-se com o visitante de uma das jaulas e perguntava a um menino, por exemplo:

Qual é o teu nome?

E o menino dizia orgulhoso:

O Menino-Com-os-Pés-para-Dentro.

E depois o Professor fazia uma pergunta de cultura geral, de geografia ou de história.

E quando o menino se enganava o Professor fazia uma cara de zangado e quando acertava o Professor fazia uma cara de felicidade e atirava para dentro da boca do menino umas coisinhas pequeninas, o visitante não sabia o que eram mas o Professor dizia que eram doces, mas só para os meninos que sabiam dizer e escrever o seu nome e ler as iniciais do seu nome que, naquele caso, não estavam nos lençóis nem nas camisolas nem nas calças nem nos bonés, ali as iniciais dos meninos estavam inscritas na parte de fora de cada uma das celas e assim os visitantes podiam ler o nome dos meninos, por exemplo:

OMCOPPD

O Menino-Com-os-Pés-para-Dentro, lê o visitante e depois olha de novo para o menino e, sim, confirma, os pés estão para dentro, o nome está certo, e esboça um sorriso. E não há só meninos, felizmente aquilo não é um zoológico de meninos, há também alguns adultos; o Caçador-de-Ratos, que cada vez caça melhor e traz presas maiores, ontem trouxe, por exemplo, o Homem-Com-a-Boca-Aberta; e o Professor diz que o Homem-Com-a-Boca-Aberta ainda não sabe quase nada, mas o facto de ter a boca aberta facilita porque assim, se lhe quiserem ensinar a capital de França, ele já tem a boca aberta e a palavra Paris sai com mais facilidade, mais rapidamente, e o Professor exemplifica:

Qual é a capital de França?

E o Homem-Com-a-Boca-Aberta diz, com uma rapidez que impressiona o visitante:

Paris.

E repete:

Paris.

E repete ainda:

Paris, Paris, Paris.

E o Professor tem de mandar o Homem-Com-a-
-Boca-Aberta calar-se; e não é fácil porque, quando
ele começa a falar, é um pouco como quando um
corpo cai de um sítio alto, não consegue parar, só para
quando chega ao chão, e ali é o mesmo, o Homem-
-Com-a-Boca-Aberta não consegue calar-se, e o Professor diz ao visitante: agora só vai parar de dizer paris,
paris, paris, paris quando ficar rouco e depois mudo,
quando as cordas vocais já não aguentarem, porque
só por falência das cordas vocais o Homem-Com-
-a-Boca-Aberta para ou então passará toda a vida a
dizer paris, porque não há nada de que ele goste mais
do que sentir a satisfação de responder corretamente
a uma pergunta.

E aqui, continua o Professor, puxando pela manga
do casaco do visitante, aqui também não temos um
menino, é uma senhora que teve um problema na
cabeça e ficou assim, com a língua de fora, e aqui está
o seu nome:

MCALDF.

Mulher-Com-a-Língua-de-Fora?, tenta o visitante.
Exatamente, diz o Professor.

Perdeu o controlo de um dos músculos que supor-
tam a língua, explica ainda o Professor, nós temos
inúmeros músculos que só percebemos que existem
quando há uma falha, e foi isso que aconteceu com
a Mulher-Com-a-Língua-de-Fora, viveu toda a vida
sem dar importância ao músculo que mantinha a lín-

gua dominada, dentro da boca, e de repente teve um problema e agora aquele músculo por ela ignorado é o que domina toda a sua vida, até porque toda a sua fisionomia está diferente e quando algo domina a fisionomia domina tudo, e aqui está a Mulher-Com-a-Língua-de-Fora, uma mulher humana, normal, com braços, pernas, olhos, cabeça, tudo, até ouve bem, até sente o sabor da comida e o cheiro, está tudo em ordem exceto esta língua de fora, não dominada; é assim, apenas um músculo e a fisionomia fica estragada, deixa de haver noiva, quem vai agora casar com a Mulher-Com-a-Língua-de-Fora?, felizmente isto aconteceu quando ela estava já velha, diz o Professor, e já não precisa de ser noiva, mas é sempre algo que incomoda, e além disso isto é apenas um indício, a língua de fora é apenas um indício de algo bem mais profundo que lhe aconteceu, a língua de fora mostra que dentro do cérebro algo se partiu e esta língua de fora é só um sinal, um pequeno sinal, um feio sinal, mas só um sinal.

Como se chama? Pode dizer alto o seu nome?, pede o Professor à Mulher-Com-a-Língua-de-Fora, e ela diz:

Mulher-Com-a-Língua-de-Fora.

Sim, confere com a placa, está correto, os tratadores não se enganam, este zoológico está organizado, não há enganos, diz o Professor a rir-se, mas logo percebe que o visitante nem sequer esboça um sorriso, pelo contrário, faz um ar sério, e por isso o Professor esclarece: os tratadores não põem a Mulher-Com-a-Língua-de-Fora, por engano, na cela do Homem-Com-a-Boca-Aberta nem naquela onde está o Menino-Com-os-Pés-para-

-Dentro e isso é bom, não lhe parece? É, diz o visitante, isso é bom, diz o visitante, mas não é motivo para nos rirmos, não é motivo para nos rirmos, mas é bom, é muito bom, diz o visitante.

XXI

Onde está Anastácia?

1.

Anastácia está perdida no jardim, entre retângulos, quadrados, triângulos, círculos, e os irmãos mais velhos não temem as formas geométricas, temem, sim, o jardineiro que as fez, já que a natureza, as ervas, não são feitas para estarem direitas, bem-comportadas — isso não se faz às ervas e elas vingam-se mais tarde ou mais cedo. E por isso é que Alexandre-Palas-de-Cavalo grita e também Olga, a louca de cabeça rapada, e Maria, a menina muda de cabeça rapada, todos gritam exceto Tatiana, que se aborreceu e não gosta de brincar num jardim somente com retângulos e círculos desenhados com ervas no solo, onde um corpo, por mais pequenino que seja, não se consegue esconder. E por isso é tão fácil ver Anastácia. Ali está ela, a correr, a fugir da família, mas felizmente há um Caçador próximo, que está pronto e pega na sua arma:

Está ali, ela está ali!, alguém grita.

E sim, é Olga, a agora estúpida irmã, quem aponta lá para o fundo do jardim e diz que aquela pequena mancha de sujidade no belo jardim geométrico do Senhor-Jardineiro é Anastácia.

Está ali, está ali! É Olga quem aponta com o dedo e o Caçador prepara a espingarda, encosta o olho direito ao cano, fecha o olho esquerdo, mantém o olho direito aberto e, durante uns segundos, concentra-se, como um cirurgião se concentra; e subitamente sai um tiro da arma do Caçador e só aí Olga, a irmã agora bem estúpida, percebe o que fez e grita, grita muito alto.

E todos os irmãos gritam também e só o Caçador se cala, por momentos, e depois murmura, meio desiludido, meio parvo, meio mau:

Falhei. Falhei.

XXII

Os Nómadas

1.

Não acredites no chão, é isso que o Homem-Com--a-Bala-na-Cabeça há muito sabe, não acredites no chão, ninguém pode acreditar no chão; e alguém que entra neste século com uma bala na cabeça sabe bem disso, pode até ensinar — o Homem-Com-a-Bala-na--Cabeça pode transformar-se em Professor, dar aulas; ele veio de outro século, pode dar aulas sobre os diferentes tipos de chão, sobre as diferentes surpresas que o chão revela, enfim, sobre aquilo que o Lineu-Louco organizou: Chão-Firme-Versus-Chão-Que-se-Afunda-Ligeiramente, Chão-Que-se-Afunda-Com-o-Peso, Chão-Que-Faz-Tropeçar, Chão-Escorregadio, Chão--Que-Faz-Muito-Barulho, Chão-Silencioso, Chão--Com-Muito-Atrito-e-Que-Quase-Impede-a-Marcha, Chão-Tipo-Neve, Chão-Tipo-Neve-Espessa, Chão-Desigual, Chão-Com-Altos-e-Baixos, Chão-Que-Faz-Bolhas-nos-Pés, Chão-Que-Provoca-Entorses-nos-Tornozelos, Chão-de-Pedras-de-Diferentes-Tamanhos, Chão-Que-Provoca-Dores-na-Planta-do-Pé, Chão--Com-Fogo, Chão-Com-Água e Chão-Que-de-Repente-Deixa-de-Estar-Debaixo-dos-Pés, tantas categorias possíveis, o Homem-Com-a-Bala-na-Cabeça pode dar lições sobre o modo como o chão nos engana, como parece um animal doméstico e de repente se torna um animal diabólico; como nos terramotos: começa a abanar e a dizer que não e não e não; e não se volta a

chamar nosso a um chão que treme por todos os lados, que abre fendas por onde subitamente desaparecem pessoas — e se chamas um nome afectuoso a um elemento que faz somente o que quer, és um Segundo-
-Lineu-Louco e és perigoso.

2.

Os Nómadas avançam de maneira diferente, e não como o Homem-Com-a-Bala-na-Cabeça, que segue uma linha reta que alguém desenhou no chão.

Alguns Nómadas avançam como malucos, ou seja, não avançam. Por vezes andam em círculos, aliás isso acontece muitas vezes quando entre eles está o Menino-Com-os-Pés-para-Dentro porque há quem acredite que este menino é uma espécie de bússola ou de profeta, alguém que indica o caminho certo, que conduz, orienta, alguém que, num cruzamento, sabe dizer Agora para a esquerda, Agora para a direita. O Menino-Com-os-Pés-para-Dentro muitas vezes também é usado como utensílio, não por maldade nem falta de compaixão, mas pensa-se que, por ter esse problema nos pés, terá uma qualquer vantagem na cabeça, na parte da cabeça responsável pela orientação, e quando alguém está perdido numa floresta chama o Menino-Com-os-Pés-para-Dentro e ele diz Agora para a esquerda, Agora para a direita.

E assim os Nómadas encontram a saída da floresta.

3.

Mas quando não estão perdidos não utilizam o Menino-Com-os-Pés-para-Dentro nem como profeta nem como bússola. Quando não estão em perigo, os Nómadas utilizam-no para um jogo. É uma forma de crueldade que vem da troça, desse jeito maligno de os meninos com os pés direitos jogarem com o menino que tem os pés para dentro.

Descalçam-lhe os sapatos e rodam o Menino--Com-os-Pés-para-Dentro de maneira que a ponta do dedo grande de um pé vá traçando uma linha no chão já limpo de qualquer sujidade, de pequenos ramos ou folhas, e assim o menino, com o seu dedo grande do pé, traça um círculo perfeito no chão e é no meio desse círculo que depois se fazem vários outros jogos, infantis ou cruéis. E o que é mais impressionante é que o círculo feito pelos pés do menino é perfeito, como se fosse feito por um compasso, e é também por isso que o menino é quase adorado pelos Nómadas: quando eles estão perdidos, ele orienta-os, ele sabe para onde os pés de cada um se devem dirigir, ou melhor: para onde os pés de um Povo-Inteiro se devem dirigir. E orientar os milhares e milhares de pés de um Povo-Inteiro numa certa direção é já uma grande proeza que só os grandes chefes conseguem, pois normalmente acontece com um povo o que acontece com uma multidão: se a multidão quer fugir, ou se um Povo-Inteiro quer fugir, o que acontece é alguns pés dirigirem-se para um lado e outros pés seguirem para outro.

E quando o Grande-Pânico é atirado para cima de um Povo-Inteiro, como antes se atirava das muralhas do castelo óleo quente para a cabeça dos invasores, mil pés querem ir para mil direções e assim isolados serão caçados como as ovelhas são caçadas pelos lobos famintos — e é por isso que Os-Meninos-Com-os--Pés-para-Dentro são quase santos, porque orientam e salvam quando o Povo-Inteiro está perdido na floresta ou no Grande-Pânico.

XXIII

O comboio e os meninos

1.

Quando o comboio dos malucos passava, o Homem-Que-Diz-Adeus-aos-Malucos acenava aos que se aproximavam das janelas como animais com fome. Como se tivessem fome orgânica daquele gesto, como alguém que se atira para a água quando tem sede, os malucos corriam para as janelas e lutavam entre si nos compartimentos sobrecarregados, com excesso de carga louca; nesses compartimentos construídos para dois malucos e que agora tinham lá dez ou quinze — e eles empurravam-se e agrediam-se para conseguirem chegar à janela, para dizerem adeus, e principalmente para receberem o aceno dado pelo Homem-Que-Diz-Adeus-aos-Malucos, que todos os dias pensava no projeto das Duas-Torres simétricas, construídas para armazenar lá dentro todos os malucos do mundo. Projeto maluco feito para malucos.

2.

Mas agora não se trata de dizer adeus aos malucos que vão no comboio, é outro assunto: está muito frio, nevou durante dias, e os meninos, que estão escondidos, mal veem as traseiras do comboio, começam a correr como meninos mal-comportados em direção aos carris. E na corrida vão tirando as luvas; e quando chegam à linha de caminho de ferro dobram-se sobre o metal e aproximam as mãos que ficam a centímetros dos carris a ferver porque ainda têm a memória da passagem do comboio; e é um calor bem violento, bem pior do que água a ferver. Este metal ferve de tal modo que, se alguém naqueles segundos pousasse nele a sua mão, ficaria com ela estropiada — e sim, os meninos correm esse risco. Quantos são? São centenas, é isso mesmo, centenas; talvez mesmo milhares de meninos que fugiram da escola ou da casa dos pais, que abandonaram as lições a meio, saltaram os muros, começaram a correr; juntaram-se como uma multidão de animais pequenos, como um bando de uma outra nação, como se pudesse existir um novo povo feito só de crianças. Crianças de muitos lugares distintos mas que agora se juntam todas, não por falarem a mesma língua, pois por vezes não se entendem mesmo entre si, mas sim por serem todos ingénuos e arriscarem demais, e isso é uma característica que pode definir um povo, tal como a cor da pele, os hábitos ancestrais, o nariz mais ou menos forte, a forma dos olhos. Ali não é a anatomia que junta centenas de meninos, todos escondidos atrás dos arbustos a ver passar o comboio a grande velocidade, não é realmente a anatomia que faz existir este povo circunstancial — também existem povos assim, que aparecem devido às circunstâncias do momento, devido ao medo ou ao desejo, dois construtores de povos instantâneos e circunstanciais. E ali está um povo, então, feito de centenas de meninos com olhos e nariz e pele diferentes: centenas de meninos, vindos dos arbustos, a correrem para os carris que estão ainda a fumegar, a quererem ser os primeiros a chegar àquele fogo sem fogo, mas que deita fumo. E os meninos quase lutam entre si, agarram-se e empurram-se como os malucos que lutam por uma fresta das janelas das Duas-Torres simétricas, para poderem dizer adeus. As crianças, parecendo então malucos, aí vão a correr a grande velocidade; e espalham-se ao longo da linha e no meio da neve tiram as luvas e aproximam as mãos daquele calor que vem do metal, calor fraterno e forte que os faz lembrar daquilo que nunca tiveram, porque são meninos fugidos dos pais e de tudo. Muitos deles são meninos da rua, e mesmo que tenham tido família nunca esta lhes deu aquilo que agora recebem com as mãos a poucos centímetros do ferro quente dos carris que deitam fumo e calor. Assim vencem o frio e a sensação de estarem sozinhos na neve e no mundo. Felizmente existem aqueles bandos de amigos, pensam. Porém, por vezes, claro, há acidentes, meninos que aproximam demasiado as mãos do ferro quente, a fumegar, e ficam para sempre o Menino-Que-Tem-a--Mão-Estropiada. Há muitos, há muitos.

XXIV

O Homem-Que-
-Quando-Fala-Não-
-se-Entende-Nada

1.

Estão quatro homens na mesa a conversar e um deles é o Homem-Que-Quando-Fala-Não-se-Entende--Nada. A voz escuta-se de forma clara, mas são apenas sons o que sai da boca desse homem; nada faz sentido, não se entende sequer o assunto. Mas ele escuta perfeitamente, não há qualquer problema auditivo nem mental nem psicológico, o homem é perfeito dos pés à cabeça, das nádegas ao peito. O único problema é na linha que vai da nuca à boca, até ao sítio de onde sai a voz, que vem enganadoramente limpa. É como se as palavras não saíssem simplesmente de um orifício, de uma porta, mas rolassem, dessem cambalhotas sobre si próprias, fizessem o pino erradamente, enfim, palavras que não se organizam, sem disciplina nem sentido militar, que não se endireitam nem seguem, sensatas, uma direção, nem com passo de marcha nem de cortejo; nada tem carruagem da frente ou de trás. É como se as palavras da frente do Homem-Que-Quando-Fala-Não-se-Entende-Nada se atrasassem em relação às palavras de trás, como se combatessem entre si, se anulassem, em duelos dentro do espaço de uma frase — umas palavras são mortas e outras aparecem não se sabe de onde. A confusão é completa, mas o certo é que o Homem-Que-Quando-Fala-Não-se-Entende-Nada gosta de discutir, de dialogar, de debater, como agora, sentado numa mesa, com mais três companheiros. Ele fala, mas não se entende nada.

2.

Uma vez o Homem-Que-Quando-Fala-Não-se-Entende-Nada fez, com dez meninos, dez bolos para distribuir pelas pessoas que não tinham casa — e os meninos eram tão lindos, com o cabelo penteado e as costas direitas. Ali estavam estes cozinheiros da bondade a querer que os atraiçoados ou desesperados ou apáticos, homens que dormiam e comiam na rua, sentissem pelo menos o bom sabor de um bolo. Mas o Homem-Que-Quando-Fala-Não-se-Entende-Nada foi sozinho, de noite, entregar uma fatia de bolo a cada um destes homens porque os dez meninos que o ajudaram a fazer o bolo são meninos e não podem andar à noite na rua, é perigoso e os meninos têm de se deitar cedo para poderem crescer muito e um dia ficaram do tamanho do Homem-Que-Quando-Fala-Não-se-Entende-Nada.

3.

E o Homem-Que-Quando-Fala-Não-se-Entende-Nada andou pela noite com uma carrinha a entregar uma fatia de bolo a cada homem desesperado e a dizer:

Nada sim e isso porque o bolo devemos veneno o mundo.

E ninguém percebia nada, alguns agradeciam a fatia de bolo e muitos a comeram, mas ninguém entendeu uma única palavra do que este homem dizia. E o que aconteceu foi que, de manhã, primeiro os madrugadores, e logo depois os vigilantes, viram centenas de corpos nas ruas, caídos, sem se levantarem dos becos nem dos cantos nem das ombreiras onde costumavam dormir; tinham sido envenenados, foi isso que as análises determinaram. E a questão era perceber se a maldade tinha sido de algum dos dez meninos bons que haviam ajudado a fazer o bolo ou se viera do próprio Homem-Que-Quando-Fala-Não-se-Entende-Nada; ou então, eis outra hipótese, talvez ele, no momento em que estava a entregar a fatia de bolo, tenha dito: Atenção que isto é veneno — mas com a sua forma atabalhoada que ninguém entendia. Não fazia sentido, mas foi o argumento de quem o defendeu.

O Homem-Que-Quando-Fala-Não-se-Entende-Nada deu veneno, sim, mas antes avisou.

Não tem culpa, diz quem o defende.

Não tem culpa, diz o juiz.

Ele avisou, mas ninguém entendeu — dizem.
Talvez fosse um santo, quem sabe — dizem outros.

XXV

O crescimento de Alexandre (a linha reta)

1.

O Homem-Com-a-Bala-na-Cabeça vai na frente e atrás está o belo Alexandre-Palas-de-Cavalo, e há agora ainda um cão que os acompanha. São três a seguir a linha reta que passa por vales e planícies e campos. Não há curva nem flexão, quem traçou aquela linha reta não tremeu, não hesitou — que ser humano poderia ter feito aquilo? Este traço foi feito, talvez, por uma máquina, pensa o Homem-Com-a-Bala-na-Cabeça. E esse pensamento irrita-o, não aceita que aquilo que segue há anos possa ter sido traçado por uma máquina, mas, de facto, só uma máquina poderia ter feito aquilo sem se enganar, sem pausas sem suspensões sem traço mais grosso ou mais fino. Mas não, pensa, logo a seguir, o Homem-Com-a-Bala-na-Cabeça, aquela linha não pode ser o que fica do percurso de uma máquina, não pode ser o rasto ou o sangue de uma máquina, nem os seus dejetos nem os seus restos. É outra coisa, nem mão humana nem de máquina, vem de outro centro do mundo. E só sobram outros dois grandes elementos — os deuses e o animal. Um animal que tivesse ficado louco apenas da sua parte animalesca, ao ponto de ficar absolutamente racional, capaz de traçar uma linha reta infinita, ou pelo menos de que não se vê o fim. Mas, quando se fala de um animal que perdeu o juízo, fala-se de um animal que perdeu o juízo animal, o que é completamente diferente de um humano perder o juízo humano. Porém, o certo é que Homem-Com-a-Bala--na-Cabeça, com o cão e Alexandre-Palas-de-Cavalo ao seu lado, segue, sem pausas, a linha reta e isso é o que faz também uma galinha, por exemplo, esse animal tão estúpido que, se lhe traçarem uma linha reta até à máquina onde lhe vão cortar a cabeça, a galinha a seguirá sem pausas nem hesitações, toda contente. Animais estúpidos que se fixam numa linha reta e a seguem, tão estúpidos, afinal, como o Homem-Com-a--Bala-na-Cabeça, o cão e Alexandre-Palas-de-Cavalo.

2.

Alexandre-Palas-de-Cavalo, o Homem-Com-a-
-Bala-na-Cabeça e o cão. O cão fareja a linha reta, percebe que não é apenas uma linha traçada no chão, tem
cheiro, ou pelo menos o cão segue o cheiro da linha
reta como se este fosse o de um animal que deixa um
rasto atrás de si.

O Homem-Com-a-Bala-na-Cabeça está con-
tente porque se sente em plena caçada, o cão introduz
esse instinto. É assim: por vezes a linha reta deixa de
se ver, atravessa uma casa onde não se pode entrar
porque os donos disparam sobre os intrusos, ou há
traços do percurso impossíveis de seguir — obstácu-
los, ravinas, ervas daninhas que tudo cobrem —, ou,
na cidade, multidões com milhares de pés a tapar a
linha reta. São muitos, então, os momentos em que a
linha reta desaparece do campo de visão do Homem-
-Com-a-Bala-na-Cabeça e do atento Alexandre com
Palas-de-Cavalo, e, quando tal acontece, é o olfacto do
animal, desse belo cão encontrado no caminho, que os
conduz até ao ponto em que conseguem voltar a ver
a linha, retomando a caminhada de olhos fixos nesse
traço decisivo. Qual o cheiro da linha reta? Ninguém
sabe, e por isso tão útil é aquele cão; e o Homem-
-Com-a-Bala-na-Cabeça não pode deixar de pensar
que aquele velho cão, velho também enquanto espécie,
é naquele momento bem mais útil do que a máquina

mais moderna. Qual seria a máquina capaz de sentir o cheiro da linha reta, de seguir pelo olfacto um traço no solo? Por isso, o Homem-Com-a-Bala-na-Cabeça dá palmadas afectuosas no velho cão, ainda tão útil.

3.

E Alexandre ainda tem as duas Palas-de-Cavalo, porque é ainda curioso e muito novo. E mesmo que a educação por vezes incentive a tirar uma ou outra das palas, não há nada mais educativo do que estar ali, a seguir, sem parar, sem pensar e sem olhar para mais nada, a linha reta.

E Alexandre cresce assim, atento àquela linha no chão. Demasiadas vezes com a cabeça curvada e por isso, em certos momentos, faz bem olhar para o céu. É um treino. Os dois, o Homem-Com-a-Bala-na-Cabeça e Alexandre-Palas-de-Cavalo, levantam o pescoço; os músculos contraídos de forma a que a nuca quase bata nas costas. E se até o cão faz este exercício — o de levantar a cabeça, deixando de ter o focinho junto ao chão a cheirar a linha reta — é porque aquilo não é um exercício espiritual — os cães não entram nisso, é apenas um exercício do corpo.

Estas pausas fazem parte da educação que o Homem--Com-a-Bala-na-Cabeça quer dar a Alexandre, que cresce a olhos vistos e se torna, a cada quilómetro da linha reta, mais adulto. Quando se caminha durante muito tempo seguindo um traço no chão o corpo fica reto e forte como um traço vertical que não sente nem sofre; só odeia.

4.

E, sim, há zonas do solo distintas: a linha reta conduz, então, por fim, à Zona-dos-Solos-Negros, onde a terra não é solo firme nem pântano nem lodo — é mole e negra. O solo parece sujo de tinta e os sapatos ficam pretos e parecem colar-se ao chão. Porém a linha reta está ainda mais forte, ressalta no fundo negro, parecendo uma luz e não um traço; luz que vem não de um elemento elétrico, artificial, mas diretamente do solo. E é tão forte a luz que o Homem-Com-a-Bala-na-Cabeça, sem o notar, dá a sua mão direita à mão esquerda de Alexandre e retira-lhe depois as Palas-de-Cavalo pois aquilo é para ser visto utilizando a visão periférica, para perceber o contraste. E por isso o Homem-Com-a-Bala-na-Cabeça tira as Palas-de-Cavalo a Alexandre. Mas o menino está tão destreinado que durante muitos minutos, talvez horas, não consegue utilizar a sua visão periférica e olha apenas em frente como se ainda tivesse as palas. Mas o mais importante agora está ali, mais em baixo, nas duas mãos dadas: o Homem-Com-a-Bala-na-Cabeça aperta com força a mão do menino, como o pai aperta a mão do filho no momento em que, finalmente, chegam a um ponto alto, a salvo depois de um naufrágio, catástrofe ou fuga. E ali está Alexandre-Que-Já-Não-Tem-Palas-de-Cavalo, tão crescido, depois de seguir constantemente a linha reta ao lado do Homem-Com-a-Bala-na-Cabeça, os dois e o cão. Não fogem, não têm medo, ninguém os persegue e, portanto, o que a mão do Homem-Com-a--Bala-na-Cabeça assinala, ao apertar com força a mão de Alexandre, não é o momento da salvação, mas sim o da beleza. O contraste da linha reta branca, uma luz, no meio da Zona-dos-Solos-Negros, que ilumina de forma evidente os passos daqueles três animais bem diferentes entre si. E é ali que Alexandre termina a longa aprendizagem.

O Homem-Com-a-Bala-na-Cabeça solta-lhe a mão; a linha reta termina; e até o cão percebe e está feliz, abana a cauda. Alexandre está pronto para odiar sozinho.

XXVI

Depois de aprender, Alexandre reencontra por fim o diabo

1.

Alexandre tem dezoito anos e quer ser uma máquina de salvar.

Enquanto a mulher dorme, ele tem já o motor em funcionamento, aqui vai a máquina de salvar. Encosta primeiro uma das mãos, depois a outra, as duas estão agora em redor do pescoço da mulher, e Alexandre começa a apertar com força, sem largar, sem relaxar, a apertar com força o pescoço da mulher. E ali está o diabo a meter-se no que não é chamado. A agarrar-lhe no braço para que ele pare, a dizer-lhe ao ouvido que já chega.

Mas Alexandre não escuta o diabo e continua a apertar o pescoço da mulher até que, lá em baixo, as pernas parem de mexer.

Como pode um homem com Palas-de-Cavalo em redor da cabeça escutar o diabo? Mas Alexandre já não tem Palas-de-Cavalo em redor da cabeça. Já aprendeu tudo. Escutou, mas não obedeceu.

2.

Ali está ele, o diabo: deixou-se domesticar.

Na casota, o diabo faz tudo para ser um bom cão e é de cócoras que recebe a ração diária dada pelo próprio Alexandre. E este cão tem a sua casota atrás da casa, no pequeno pátio. É um cão vermelho que, de cócoras ou mesmo a quatro patas, é alimentado para o proteger. Mas este cão não ladra e até foge das pessoas, tem medo.

Dentro de casa, o diabo é outro: endireita as costas e fala até altas horas da noite com Alexandre, até lhe pergunta pelas irmãs. Onde estão elas? Onde estão Olga, Maria, Tatiana e Anastácia?

3.

Alexandre aproxima o seu rosto do rosto do diabo. Os dois bebem um líquido estranho e Alexandre subitamente aproxima a mão direita da cara do diabo e começa a torcer-lhe o nariz. Depois começa a arranhar a cara do diabo com as suas unhas grandes. Arranha a cara do diabo e este não reage, tão parvo, tão estúpido, aceita tudo o que Alexandre faz, e este faz coisas más porque está contente.

O diabo não tem força para resistir. E Alexandre está agora, de novo, a magoá-lo. Já lhe arrancou um bom pedaço de pele, a carne por baixo já é visível. O diabo grita e tenta levantar-se, mas Alexandre não deixa. Faz força sobre um braço do diabo e quase o parte. Alexandre é forte, tem dezoito anos, e o diabo prefere esperar que Alexandre se canse de ser mau. Mas ele não se cansa. Pelo contrário, está cada vez mais violento e o diabo grita e pede ajuda. Alexandre está agora a rir daquela maneira que as irmãs bem conhecem, mas as irmãs não estão ali, e ninguém pode parar aquilo. O diabo não tem ninguém que o ajude.

O diabo, le diable, o belzebu, o anjo mau, o tinhoso, o lúcifer, o canhoto, o cão, o cão-tinhoso, o chifrudo, o cornudo, o demónio, o mafarrico, o maldito, o maligno, o malvado, o mau, o satã, o satanás, a serpente, o tendeiro e o tentador, o diabo não tem ninguém que o ajude, não tem, não tem ninguém que o ajude.

"Todas as manhãs somos informados sobre o que de novo acontece à superfície da Terra. E, no entanto, somos cada vez mais pobres de histórias de espanto."

Walter Benjamin

Copyright © 2022 Gonçalo M. Tavares
Edição publicada mediante acordo com
Literarische Agentur Mertin, Inh. Nicole Witt, Frankfurt, Alemanha

*Revisado segundo o Novo Acordo Ortográfico da Língua Portuguesa.
Nos casos de dupla grafia, foi mantida a original.*

CONSELHO EDITORIAL
Eduardo Krause, Gustavo Faraon, Nicolle
Garcia Ortiz, Rodrigo Rosp e Samla Borges

PREPARAÇÃO
Samla Borges e Rodrigo Rosp

REVISÃO
Evelyn Sartori

CAPA E PROJETO GRÁFICO
Luísa Zardo

FOTO DO AUTOR
Alfredo Cunha

**DADOS INTERNACIONAIS DE
CATALOGAÇÃO NA PUBLICAÇÃO (CIP)**

T231d Tavares, Gonçalo M.
O diabo / Gonçalo M. Tavares.
— Porto Alegre : Dublinense, 2025.
192 p. ; 19 cm.

ISBN: 978-65-5553-166-4

1. Literatura Portuguesa. 2. Romance
Português. I. Título.

CDD 869.39 • CDU 869.0-31

*Catalogação na fonte:
Eunice Passos Flores Schwaste (CRB 10/2276)*

Todos os direitos desta edição
reservados à Editora Dublinense Ltda.
Porto Alegre • RS
contato@dublinense.com.br

**Descubra a sua próxima
leitura na nossa loja online**

dublinense .COM.BR

Composto em MINION PRO e impresso na PALLOTTI, em LUX CREAM 70g/m², no VERÃO de 2025.